Vanessa Heintz

Sunday Tales

BAND 1

Bibliografische Information der Deutschen Nationalbibliothek:

Die Deutsche Nationalbibliothek verzeichnet diese Publikation in der Deutschen Nationalbibliografie; detaillierte bibliografische Daten sind im Internet über http://dnb.dnb.de abrufbar.

TWENTYSIX – Der Self-Publishing-Verlag

Eine Kooperation zwischen der Verlagsgruppe Random House

und BoD – Books on Demand

© 2016 Vanessa Heintz (überarbeitete Fassung 2018)

Herstellung und Verlag:

BoD – Books on Demand, Norderstedt

ISBN: 978-374-075-254-5

Covergestaltung: Christoph Heintz

Urheberrecht: Africa Studio – Shutterstock

Wenn Du nur wüsstest

(Gedanken)

Wenn Du nur wüsstest,
welch wohligen Schauer Deine Stimme verursacht. Wie ihr Klang durch alle meine Glieder fährt und die Dämme niederreißt, die versuchen, die Macht meines inneren Flusses im Zaum zu halten.

Wenn Du nur wüsstest,
welch tiefes Glücksgefühl Dein Lächeln hervorruft, das sich unweigerlich an allen Ängsten vorbeischiebt, als gäbe es keine Barrieren. Wie es die dunkelste Wolkendecke aufreißt und Sterne schenkt.

Wenn Du nur wüsstest, dass ein Blick von Dir alle Dämonen bezwingt. Wie sie in die Knie gehen, als hätten sie plötzlich keine Macht mehr. Wenn Du nur wüsstest, wie heilend Deine Gegenwart ist. Unsichtbare Fäden verschließen versteckte Wunden.

Aber selbst wenn Du es wüsstest ... Würdest Du es glauben? Sicherlich nicht ... Was würde sich auch dadurch ändern?

Wie sagst Du immer: ‚Ich bin ich ... Nicht mehr ... Nicht weniger.'

Du siehst kein Wunder, wenn Du in den Spiegel schaust ... Und wieder muss ich schmunzeln, wenn ich Deinen Worten über Deine Unvollkommenheit lausche.

Du bist du ... ja ... Du bist mehr, als Du jemals erahnen wirst, und wenn ich Dich in all Deiner vermeintlichen Unvollkommenheit, mit all Deinen Narben und geheilten Wunden, demütig betrachte, verliert alles Irdische seine Bedeutung. Vor Wundern wie Dir verneigt sich selbst der Tod, denn Sterblichkeit ist nichts im Angesicht der Liebe, die ich in Dir fand.

Ein Leckerli für Juliane

Sunday Tales Part I

Wie gewöhnlich schaffte Juliane es nicht einmal bis in ihre Wohnung, bevor sie sich die Hälfte ihrer Klamotten schon vom hitzigen Leib gerissen hatte. Ihr neuer Macker Marc klebte an ihren Lippen, als ginge es um sein Leben. Krachend fiel das Foto auf der Kommode zu Boden und die Handtasche wurde in die Ecke katapultiert. Schuhe. Bluse. Alles flog durch die Gegend.

Kessy machte sich erst gar nicht die Mühe, ihr Frauchen zu begrüßen. Das wäre eh vergebene Liebesmüh' gewesen. Was waren das immer für komische Kerle, die Juliane da anschleppte? Die zierliche Mischlingshündin lauschte dem wilden Treiben. Fast gelangweilt starrte sie auf ihren Wassernapf, der nur noch einen kläglichen Rest beinhaltete. Früher war alles anders. Früher wohnte Jens noch hier und Juliane war glücklich. War sie? Kessy war sich nicht mehr sicher. In den letzten paar Wochen hatten sich Juliane und Jens nur angeschrien und keiner der beiden hatte mehr Zeit für die junge Hündin.

Dann war Jens plötzlich nicht mehr durch diese Tür gekommen, aber allerhand seltsame Typen, die Kessy nie etwas mitbrachten. Anders als Jens. Aber meistens brachten sie Juliane etwas mit. Anders als Jens. Blumen, Wein oder Schokolade. Dann brachten sie sie dazu, seltsame Geräusche zu machen. Kessy wollte ihr geliebtes Frauchen am Anfang immer beschützen, aber man warf nur mit Kissen nach ihr und irgendwann war es ihr dann egal.

Juliane schien sich gerne nackt mit diesen Typen im Bett, auf dem Boden und auf dem Küchentisch zu winden. Egal. War es das? Nein, irgendwie nicht. Kessy stand auf und trottete Richtung Wohnzimmer. Ja, es ging wieder heiß her. Das dritte Mal schon diese Woche. Das dritte Mal, dass Kessy vergebens auf eine Begrüßung und ein Leckerli wartete. Es musste sich etwas ändern. Kampflos wollte sie ihr Frauchen nicht an diese hirn- und herzlosen Typen aufgeben. Aber was sollte sie tun? Ein kleiner Hund wie sie? Was taten diese Kerle denn? Sie brachten Geschenke mit. Meistens. Zumindest am Anfang, aber da sie eh immer schnell ausgetauscht wurden, brachten die Neuen auch wieder neue Geschenke mit. Geschenke? Ja, Menschen mochten Geschenke. Das waren die Leckerlis für Frauchen.

Kessy würde Juliane eine riesige Freude machen. Sie drehte sich wieder um und lief in den Flur. Traurig schnüffelte sie an dem Bilderrahmen auf dem Boden. Das Glas war gesplittert und ihr Lieblingsbild sah jetzt nicht mehr schön aus. Juliane hatte sie im Arm gehalten und Jens hatte dieses Foto gemacht. Ein Bild aus glücklicheren Zeiten.

Was war das? Die Tür war noch einen Spalt offen. Die beiden hatten es wohl sehr eilig, ihr seltsames Spiel zu spielen. Das war jetzt Kessys Chance. Sollte sie es wagen? Wäre sie rechtzeitig zurück? Wo wollte sie eigentlich hin? Ach, egal. Sie musste das Herz ihres Frauchens zurückgewinnen. Sie brauchte ein verdammtes Geschenk. Ein besonderes Leckerli.

Voller ungeahntem Mut schlüpfte die kleine Hündin mit klopfendem Herzen durch den Türspalt und wurde von der Dunkelheit des Hausflures verschluckt. Die fiese Treppe stellte das erste Hindernis dar. Sie dachte an Juliane. Ja, ihre Liebe war es wert, dass sie dieses Monstrum bezwang. Kessy setzte die erste Pfote auf die Stufe und zog ihr Hinterteil nach. Geschafft. Weiter. Immer weiter. Oh je, wie viele Stufen hatte diese scheußliche Treppe denn? Sonst wurde sie von Frauchen getragen.

Kessy schleifte mit ihrer langen Zunge beinahe auf dem kalten Steinboden, als sie endlich das Erdgeschoss erreicht hatte. Die Eingangstür. Verhöhnend schien das massive Ding die kleine Hündin anzugrinsen. Sie würde diese verdammte Tür jetzt so lange anstarren, bis sie sich von selbst öffnen würde. Ihre Augen waren zu kleinen Schlitzen verengt. Das musste doch einschüchternd wirken, oder? Hilfsweise knurrte sie noch und fletschte die Zähne. Nichts. Bellen? Nein, lieber nicht. Sie würde nur Juliane auf sich aufmerksam machen. Noch böser gucken und knurren. Ja, das musste einfach funktionieren.

Gerade als sie aufgeben und wieder nach oben krabbeln wollte, geschah das Wunder. Die Tür gab ihren Widerstand auf. Kessy achtete nicht darauf, wer die Tür geöffnet hatte, sondern sprintete wie von einer Tarantel gestochen aus dem Wohnhaus.

Da war sie: die große weite Welt voller Geschenke. Sie rannte weiter. Über die Straße in Richtung Park. In der Dunkelheit kam ihr alles seltsam fremd vor. Hechelnd blieb sie stehen. So weit. So gut. Und jetzt? Als sie sich umschaute, schien ihr aufgeflammter Mut sich verflüchtigt zu haben. Ihre Beine fühlten sich wie Wackelpudding an. Der Schrei einer Eule ließ sie zusammenzucken. Sie musste weiter. Im Park gab es keine Geschenke, oder? Eher nicht. Frauchen mochte Blumen, Pralinen und Schmuck. Ein Gänseblümchen aus dem Park war wohl keine gute Lösung.

Sie lief und lief, bis ihre Pfoten brannten. Häuser, Autos, Mülltonnen. Grausig fauchende Katzen kreuzten ihren Weg, aber davon ließ sie sich nicht beirren. Müll, Flaschen, Kaugummi, Armband. Moment. Armband? Kessy drehte sich um und lief zu dem Ding hin, das im Licht einer Straßenlaterne funkelte. Unter einem seltsamen Automaten, der uralt aussah, lag tatsächlich ein Armband und es glitzerte. Juliane mochte alles, was glitzerte. Gerade als Kessy sich das Schmuckstück schnappen wollte, zerzauste etwas ihr Fell. Dann schaute sie in freche, pechschwarze Augen. Bevor die Elster sich das Armband krallte, pickte sie Kessy noch dreist in die Spürnase und flog mit ihrer Beute davon.

Ungläubig schaute sie dem Vogel nach. Die Runde ging an das blöde Vieh. Was sollte sie denn jetzt tun? Mit gesenktem

Kopf wanderte sie weiter durch die Gassen. Immer tiefer manövrierte sie sich in die dunklen Ecken der Stadt. Mitten auf einer Kreuzung blieb sie stehen und schaute sich um. Sie hatte sich verlaufen. Tatsächlich hatte sie sich verlaufen. Erst jetzt bemerkte sie, dass sie viel zu klein für diese riesige Welt war.

Das grelle Licht und das wütende Gehupe versetzte Kessy einen Schreck. Gerade noch rechtzeitig spurtete sie von der Fahrbahn und versteckte sich hinter einer umgefallenen Mülltonne. Sie würde einfach hier liegen bleiben, mit den Pfoten über den Augen. Sie hatte genug gesehen. Ihr kleines pochendes Herz drohte zu zerspringen. Nicht nur aus Angst, sondern auch aus Hoffnungslosigkeit. Sie musste ein Geschenk finden. Ein Leckerli für Juliane.

Ihre trockene Zunge weckte Kessy aus einem unruhigen Schlaf. Ihr Magen knurrte und ihre kleinen Pfoten waren schwer wie Blei. Wie in Trance schleppte sie sich zu einer Pfütze. Das kalte Wasser tat ihren Lebensgeistern gut.

»Nein! Gehen Sie doch weg«, durchbrach eine panische Stimme die Ruhe des hereinbrechenden Morgens.

Kessy drehte sich in die Richtung, aus der sie das Stimmengewirr vermutete. Die junge Frau wurde scheinbar von diesem seltsamen Typ belästigt. Jetzt zog er auch noch an ihrer Handtasche. Tough schlug die zierliche Blondine mit dem Blumenstrauß, den sie auf dem Arm trug, auf den Kerl ein, aber er bleib unbeeindruckt. Kessy mochte solche Männer nicht. Sie musste der Frau helfen. Das war Hunde-Ehrensache. Also fing sie an, so laut zu bellen wie sie nur konnte, und stürzte mit gefletschten Zähnen auf den Angreifer zu. Dieser ließ verwirrt die Tasche los und trat einen Schritt zurück. Als Kessy nun knurrend an ihm hochsprang und ihre scharfen Wolfszähne in ihrer ganzen Pracht präsentierte, winkte der Kerl ab und ging einfach davon.

Zufrieden mit sich und ihrem Einsatz schaute sie zu der jungen Frau auf. Diese bückte sich sofort und streichelte Kessy das Köpfchen, bevor sie ihre Blumen aufsammelte. Dann kramte sie in ihrer Tasche und zog eine Scheibe Wurst von einem Brötchen, die sie Kessy entgegenstreckte. Ihr Magen machte einen Freudensprung, aber sie brauchte kein Leckerli für sich selbst. Sie brauchte eins für Juliane. Da strömte ihr der Duft einer roten Rose entgegen, die noch auf dem Asphalt lag. Sie ging zu ihr hinüber und zog sie mit der Pfote zu sich. Verwundert sah die Frau sie an, bückte sich erneut und hob die Rose an. Sie entfernte mit flinken Fingern die noch vorhandenen Dornen und hielt sie Kessy entgegen, deren kleines Herz einen Hüpfer machte. Vorsichtig biss sie in den Stängel, wedelte dankbar mit ihrem Schwänzchen und lief davon. Sie hatte ein Geschenk. Ein Leckerli für Juliane, und es war wunderschön.

Jetzt musste sie Juliane aber erst finden. Die Sonne stieg immer höher und Kessy wusste nicht einmal, ob sie in die richtige Richtung lief. Erschöpft legte sie sich auf den Marktplatz vor den großen Brunnen und wartete. Worauf wusste sie nicht, aber die Rose ließ allmählich den Kopf hängen. Passanten machten stetig Fotos von ihr und seltsame Laute entsprangen ihren Kehlen, als sie die Hündin mit der Rose entdeckten. Sie legte den Kopf auf den Vorderpfoten ab und dachte an Juliane und Jens. Was hatte sie sich nur gedacht? Sie war nur ein kleiner Mischlingshund und keine Heldin. Warum war sie nicht einfach zu Hause geblieben? Ob Juliane sie bereits vermissen würde? War es ihr überhaupt aufgefallen, dass sie weg war?

Sie wusste nicht, ob Minuten oder gar Stunden vergangen waren. Die Einsamkeit konnte die Zeit ins Endlose dehnen.

»Kessy!!! Kessy, Mädchen!«

Sie hob den Kopf. Diese Stimme war ihr vertrauter als alles andere in ihrem Hundeleben. Das war Juliane. Das war Frauchen. Da stand sie. Direkt neben ... Jens. Tränen sammelten sich in Julianes Augen. Warum weinte sie denn? Kessy sprang auf die wunden Pfoten und lief ihr schnell entgegen. Juliane schüttelte den Kopf, als Kessy sich auf die Hinterbeine stellte und ihr stolz die Rose übergab. Würde Frauchen sich freuen? Juliane nahm die Rose entgegen und fiel dann auf die Knie, um ihre Kessy fest ans Herz zu drücken. Auch Jens bückte sich und streichelte Kessy hinter ihrem rechten Ohr. Genauso, wie sie es mochte. Das konnte nur Jens.

Als Juliane sich die Tränen abgewischt hatte, zog sie ihr Smartphone aus der Handtasche und zeigte Kessy ein Bild.

»Siehst du, Kleine ... Du bist ein Facebook-Star.«

Die süßen Fotos des Hundes mit der roten Rose hatten sich wie ein Lauffeuer im Internet verbreitet. Glücklicherweise auch bis zu Juliane und Jens. Beide waren sich auf dem Weg zum Marktplatz wieder in die Arme gelaufen. Beide hatten nur ein Ziel: ihre Kessy. Sie hatten sie gefunden.

»Darf ich die beiden Damen zu Kaffee und Hundekuchen einladen?«, fragte Jens und strahlte, wie er es früher immer getan hatte, wenn er seine Juliane betrachtete. Juliane schaute ihre Hündin an und deutete das fröhliche Bellen gepaart mit wildem Schwanzwedeln als ein ›ja‹.

»Ich habe dich lieb, Kessy. Entschuldige, ich war blöd. Lust auf Hundekuchen?«

Da war er wieder, der liebevolle Blick in Julianes Augen, den Kessy so vermisst hatte, und Hundekuchen mit Frauchen und Herrchen war jetzt genau das Richtige.

Das akademische Viertel
Sunday Tales Part II

»Kommen Sie bitte langsam zum Ende«, sagte Prof. Berger mit einem unüberhörbar genervten Unterton und blickte durch den riesigen Vorlesungssaal.

Wie üblich folgte keiner seiner Studenten der Aufforderung und nur ein müdes Lächeln huschte über seine Lippen. Er dachte an seine Studentenzeit zurück. Er hatte damals Respekt vor seinen Dozenten und ihr Wort war Gesetz. Das Studium war sein Leben und es gab nichts, was ihn vom täglichen Bücherwälzen abgehalten hätte. Seine Nachfolger dagegen hielten es wohl bereits schon für hartes Studieren, wenn sie während der Vorlesung nicht parallel auf *youtube* surften. Zeiten ändern sich und Generationen von Studenten auch.

Immer noch schrieb ein Großteil der fast 400 Studenten im Auditorium. Nur wirkten sie jetzt etwas hektischer. Prof. Berger war froh, dass seinen Assistenten die Korrekturen auf den Schreibtisch flattern würden. Er würde nur ein oder zwei Stichproben rauspicken. Aber was erwartete er eigentlich? Mehr als die Hälfte dürfte diese Klausur nicht einmal ansatzweise geschafft haben. Wie auch? Das juristische Trennungs- und Abstraktionsprinzip gab es wohl noch nicht als Videotutorial auf youtube, oder doch? Vielleicht sollte einer seiner studentischen Hilfswissenschaftler ein solches erstellen? Ach, wozu die Mühe, wenn die eigentlichen Renner doch lustige Tiervideos und schwere Autounfälle waren?

Prof. Berger seufzte. Die Semesterferien näherten sich mit großen Schritten. Dies bedeutete keine Vorlesungen.

Was sollte er tun? Eine neue Abhandlung über die EU-Verordnung Nr. 1677/88/EWG zur Festsetzung von Qualitätsnormen für Gurken und deren Krümmung schreiben? Nein, dies erschien ihm irgendwie auch nicht das Richtige.

»Sie haben noch zwei Minuten, um die Klausuren hier vorne abzugeben. Danach werden keine mehr angenommen«, rief er in den Saal und war leicht belustigt über das erschrockene Zucken seiner Schützlinge.

Nach weiteren zehn Minuten lagen die Klausuren dann vollständig auf dem Pult und Prof. Berger beobachtete seine beiden Assistenten, die mit großen Taschen bewaffnet den Saal betraten, um die Machwerke der zukünftigen deutschen Juristerei einzusammeln. Obwohl Prof. Berger seine Studenten und besonders seine Mitarbeiter sehr mochte, fand er so gut wie keinen Zugang zu ihnen. Zumindest außerhalb des Lehrstoffes. Er selbst war noch nicht alt. Seine 48 Jahre sah man ihm eigentlich nicht an und er wusste sehr wohl, dass *Pinterest* keine Fastfood-Kette und Instagram kein Sofadesigner war. Seine Neugier für alles Neue war allgegenwärtig. Nur gab es niemandem, mit dem er seine Neugier hätte teilen können.

*

Auch am späten Nachmittag dieses heißen Sommertages saß er schwitzend in seinem nicht klimatisierten Büro und las kopfschüttelnd die Veröffentlichung einiger Kollegen.

»Keine Ahnung, aber davon viel. Sie fangen immer schwach an, um dann stark nachzulassen.«

Heiteres Gelächter drang durch die geöffneten Fenster und ließ ihn den Blick in den Hof richten. Da saßen sie. Jung, voller Träume und auch bald voller Nikotin und Alkohol. Ein Bierchen nach einem harten Studientag. Das hatte Berger sich nie gegönnt. Was hatte er nun davon? Er hatte einen Doktortitel und wohl auch bald einen zusätzlichen Ehrendoktor. Zumindest wurde ihm das in Aussicht gestellt. Natürlich war er Professor geworden. Das wollte er seit seiner ersten Vorlesung. Er wollte den Campus nicht mehr verlassen. Hier gab es so viel zu erforschen und zu diskutieren in den unendlichen Weiten juristischer Probleme und Fragestellungen durch alle Epochen.

Das lustige Lied, welches seine Studenten gerade schräg, aber voller Inbrunst sangen, ließ ihn den Gedanken nicht weiterverfolgen. Sie schienen glücklich zu sein. War er glücklich? War es jemals? Also, so richtig?

Die Titel waren selbstverständlich. Seine Fähigkeit und seine Intelligenz waren für ihn selbstverständlich. Lob und Anerkennung ebenfalls. Beruflich gab es daher keine Höhepunkte, die ihn zum Jubeln gebracht hätten. Und privat? Ein höhnisches Grinsen umschmeichelte die ersten kleinen Fältchen in seinem Gesicht. Privatleben. Sein Leben galt der Wissenschaft. Der Rechtswissenschaft. Für Freunde oder gar eine Familie blieb da keine Zeit. Hin und wieder eine kurze Liebschaft, aber die raubten ihm eigentlich zu viel Zeit und waren auch irgendwie nie kultiviert genug. Man musste arbeiten, wenn man erfolgreich sein wollte. Man musste über seinen Stundenlohn kommen. Man musste Neues schaffen und es bekannt machen. Man musste sich bekannt machen. Wie viele Publikationen hatte er bereits veröffentlicht? Wie viele Menschen lauschten seit Jahren seiner Vorlesung?

Die plötzliche Wasserschlacht im Hof riss ihn erneut aus seinen Gedanken. Spaß. Die jungen Menschen hatten tatsächlich Spaß und dachten dabei anscheinend nicht an die nächste Klausur, die bereits übermorgen auf dem Plan stand.

»Tollkühn ist das«, murmelte er und ertappte sich dabei, wie ihm ein kleines Lächeln übers Gesicht hüpfte, als er dem ausgelassenen Treiben zusah.

‚Du bist etwas Besseres, Gregor. Verhalte dich auch so.'

Die Stimme von Bergers Vater hallte noch immer in seinem Kopf. Etwas Besseres? Besser als was? Seit Monaten beobachtete er jetzt seine Studenten und sah sie plötzlich mit ganz anderen Augen. Hatten sie vielleicht recht? Hatte sein Vater sich all die Zeit geirrt? Musste man wirklich immer und überall die Etikette waren? Und zu welchem Preis?

*

Auch Tage später kamen Bergers Gedanken nicht zur Ruhe, als er am Abend den Fluss entlang spazierte.

‚Willst du werden wie diese faulen Sozialschmarotzer? Du musst lernen, Junge. Du musst erfolgreich sein. Du musst besser sein, als die anderen.'

Ja, er war erfolgreich, aber das interessierte seinen Vater irgendwie auch nicht. Das war ja selbstverständlich.

‚Begib dich nie in diese unterbelichteten Arbeiterkreise. Alles Schläger und Diebe.'

Tatsächlich waren es solche Aussagen, die Berger regelmäßig von größeren nicht studentischen Veranstaltungen fernhielten. Da waren zu viele ›Plebs‹, wie sein Vater gesagt hätte. Menschen mit geringem Bildungsniveau konnte man nicht trauen. Gedankenverloren sammelte er Steine, flippte sie übers Wasser und ließ sich schließlich schwer ans Ufer fallen. Was fühlte sich da so komisch an seinem Hintern an? Berger schwante böses. Bevor er den Schlamassel sah, roch er ihn. Er hatte sich tatsächlich in einen Hundehaufen gesetzt. Jetzt war guter Rat teuer. Würde er aufstehen, wäre er das Gespött der ganzen Stadt, schließlich liefen hier zahlreiche Studenten und Kollegen herum.

Die meisten hatten Handys und einen Facebook-Account. Das würde nicht gut enden. Sein Jackett hatte er natürlich bei diesen Temperaturen nicht angezogen, auch wenn sein Vater es ihm immer geraten hatte. Ein Taschentuch hatte er auch nicht zur Hand. Wie spät war es? Er seufzte. Er müsste wohl noch einige Zeit hier sitzen, bis die Dunkelheit ihm ein bisschen Schutz gewähren würde.

Nach fast zwei Stunden wurde er jedoch langsam nervös und der Klos in seinem Hals verwandelte sich immer mehr in einen drückenden Brechreiz. Er musste etwas tun. Hinter ihm gingen zwei Herren in feinen Anzug den Weg entlang. Die sahen nicht bedrohlich aus.

»Entschuldigen Sie bitte?«

Die Herren ignorierten ihn jedoch, als hätten sie ihn nicht gehört, was unmöglich war bei der kurzen Distanz.

»Feine Pinkel«, dachte er und schaute sich weiter um.

Niemand zu sehen. In der Ferne näherte sich jedoch ein kleiner Punkt. Als dieser näherkam, erkannte Berger einen jungen Kerl mit Kaugummi und Kopfhörern. Nein, den würde er nicht fragen. Der Typ würde sofort sein Handy zücken. Minuten später kam das nächste Objekt seiner

Hilfsbegierde. Eine hübsche Frau in perfekt geschnittenem Kostüm.

»Entschuldigen Sie bitte.« Sie ging langsamer und schaute ihn an.

»Mir ist ein kleines peinliches Malheur passiert. Hätten Sie vielleicht ein Taschentuch für mich? Das wäre mehr als nett.«

»Was meinen Sie damit? Sie haben doch nicht ...?«

Angewidert verzog sie das Gesicht.

»Nein, habe ich natürlich nicht. Das muss von einem Hund sein. Ich bitte sie. Ich brauche etwas, um es abzuwischen.«

Die Frau starrte ihn an, als hätte er von ihr eine Niere verlangt. Kopfschüttelnd kramte sie in ihrer Tasche und zog dann ein einzelnes Taschentuch heraus.

»Die anderen brauche ich selbst«, rechtfertigte sie sich augenblicklich, ohne, dass Berger etwas in diese Richtung gesagt hätte.

»Danke. Sehr liebenswürdig.«

Er streckte ihr die Hand entgegen, aber die Dame bewegte sich nicht.

»Ich werde mit diesen Absätzen sicherlich nicht auf eine Wiese mit Hundekot gehen. Hier ist das Taschentuch. Den Rest schaffen Sie auch alleine.«

»Können Sie es bitte zerknüllen und werfen ...«

Zu spät. Das Taschentuch in seiner perfekt gefalteten Verpackungsform segelte zu Boden.

»Danke. Schönen Tag noch«, rief er ihr nach.

Gut, er würde einfach warten, bis die nächsten Passanten vorbei wären und er würde sich dann schnell das Taschentuch krallen. Mit einem hatte er jedoch nicht gerechnet ... mit einem Chihuahua. Selbstgefällig schnappte sich das edle Tierchen das Taschentuch und tippelte davon, während sein reiches Frauchen nur abwinkte, als Berger etwas sagen wollte. Das Telefonat schien sehr wichtig zu sein. Frustriert drehte er sich wieder um und starrte auf eine Packung Taschentücher, die ihm jemand vor die Nase hielt. Verwirrt schaute Berger auf und blickte in strahlend grüne Augen. Dann sah er .... das Nasenpiercing und ... das Lippenpiercing ... und die durchstochenen Ohren.

»Ich glaube, die haben Sie nötiger, als ich«, sagte eine klare, freundliche Stimme.

Berger sah die junge Frau mit den eigenartig kolorierten Haaren an. Sie war wohl Anfang dreißig und trug zerrissene Jeans und ein zusammengeknotetes Männerhemd. Plebs eben.

»Die Tücher beißen nicht«, scherzte sie und jetzt musste auch Berger lachen. »Stehen Sie nur auf. Ich halte mein Hemd vor Sie, dann sieht niemand den kleinen Unfall hier.«

Misstrauisch starrte Berger sie an, aber er konnte nicht mehr hier sitzen. Sie zog das Hemd aus, welches bisher ein weißes Top verdeckt hatte, und hielt es vor den Pechvogel.

»Ich bin übrigens Luci.«

»Gregor«, antwortete er, ohne es zu wollen.

Als er sich den gröbsten Dreck abgewischt hatte, reichte Luci ihm, ihr Hemd.

»Was soll ich damit?«

»Binde es dir um den Bauch, Gregor. Dann sieht niemand den Fleck.«

»Wie sieht das denn das aus?«, fragte er entsetzt.

»Na ja, das sieht aus, als hättest du nicht in Hundescheiße gesessen oder Schlimmeres getan.« Damit hatte sie wohl recht. »Du kannst es behalten. War nur ein altes Schmierhemd.«

Bei dem Ausdruck zog sich alles in Berger zusammen. Schmierhemd? Mit was beschmiert? Was taten diese Plebs?

Luci bemerkte seinen skeptischen Blick und erklärte: »Ich bin Künstlerin.«

Ah ja, das passte. Verrückte, ungepflegte und erfolglose Künstler. Vermutlich würde sie jetzt gleich um einen Euro betteln.

Dieser Peinlichkeit wollte er entgehen und fragte: »Was schulde ich dir?«

»Ein Lächeln.« Verblüfft sah er sie an. »Ich muss jetzt los zu den Kindern. Pass auf, wo du dich hinsetzt. Hier sind überall Tretminen.«

Kindern? Natürlich. Akademiker hatten ja keine Zeit, um sich zu vermehren, aber tätowierte Künstlerinnen mit grünblauen Haaren mit Sicherheit.

»Dann solltest du sie nicht warten lassen. Sie haben sicherlich Hunger.«

»Hunger auf Kunst, ja.«

»Kunst?«

Waren sie so arm, dass sie ihren Kindern nichts zu essen kaufen konnte?

»Ja, ich betreue Kinder und Jugendliche. Wir malen, basteln und musizieren. Das holt sie für ein paar Stunden aus dem tristen Alltag.«

»Oh«, entglitt des Gregor.

»Was hast du denn gedacht? Dachtest du, ich wäre eine Assi- Braut mit fünf Kindern?«

Er fühllte sich ertappt.

»Wegen Typen wie dir habe ich die Uni verlassen. Du bist genau wie mein Vater.

Sie hat Piercings, Tattoos und liebt das Leben. Aus ihr kann ja nichts werden.«

Luci lachte herzhaft.

Berger schüttelte den Kopf: »So habe ich das nicht gemeint.« »Doch hast du. Komm mit.«

»Wohin?«

»Komm schon.«

Etwas zog ihn mit, obwohl er befürchtete, dass Luci ihn ausrauben und dann vergraben wollte. Unerwartet fand er sich in einer großen Halle wieder. Wunderschöne Graffitis zierten die Wände, Staffeleien verdeckten eifrige kleine Künstler und am anderen Ende übte eine Band rockige Musik.

»Das ist Jan.« Luci zeigte auf einen jungen Mann, der einem Teenager eine Spraydose gab. »Jan studiert Kunst an der Kunsthochschule. Stefan da drüben Musik. Er ist ein begnadeter Pianist. Und Julia studiert Kulturwissenschaften.«

Studenten? Hier? Zwischen den Plebs-Kindern? Berger war verwirrt.

»Silke ist Auszubildende zur Bürokauffrau und Heike ist Friseurin«, erklärte Luci weiter. »Es interessiert uns hier nicht, wer welches Zertifikat hat. Uns interessiert nur, wer das Herz am richtigen Fleck hat und liebt was er tut. Ich habe auch mal

Jura studiert, weil mein Vater es wollte. Das war ätzend.«

Mit offenem Mund starrte Berger sie an. Dieses Mädchen hatte eine Hochschulzugangsberechtigung?

»Ich habe es leider nicht so lange ausgehalten, um ihre Vorlesung zu besuchen, Herr Berger.«

Sie hatte ihn tatsächlich erkannt. Wenn sie die Geschichte jetzt verbreiten würde, wäre er die Lachnummer.

»Warum hast du aufgehört?«, fragte er, aus tatsächlichem Interesse, dessen Herkunft er selbst nicht einordnen konnte. »Das war nicht ich. Ich möchte die kreative Seite in Menschen wecken und mit Kindern arbeiten. Ich liebe, was ich tue. Hier habe ich eine Familie gefunden, der vollkommen egal ist, ob ich

erfolgreich bin, solange ich nur glücklich bin.«

Was für ein Quatsch. Nach ihrem Outfit musste sie am Hungertuch nagen. Wie konnte sie nur so eine gute Ausbildung abbrechen? Als Luci jedoch den kleinen blonden Engel in die Arme schloss, der ihr freudestrahlend entgegenrannte, bekam Berger eine Vorstellung von den Gründen. Hatte man ihn je so angestrahlt, wenn er einen Vortrag über Exkulpation hielt? Eher nicht.

Als hätte sie erneut seine Gedanken erkannt, sagte sie: »Ich bilde mich gerade fort und drücke wieder die Schulbank. Ich will Sozialpädagogin werden. Also keine Sorge. Ich liege nicht nur biertrinkend auf dem Sofa und schaue Sitcoms.«

Nicht nur?

»Wie machst du das? Wenn du dich doch weiterbildest, wie hast du dann Zeit für das hier? Warum lernst du nicht?«

»Herr Professor ... erinnern Sie sich an das akademische Viertel?«

Natürlich tat er das. Das akademische Viertel war eine Zeitangabe, die ... Luci schüttelte bereits den Kopf und er überlegte erst gar nicht weiter.

»So meinte ich das nicht.«

Er hatte doch gar nichts gesagt.

»Wie dann?«

»Ein Viertel meiner Tageszeit gehört meiner akademischen Laufbahn und der Rest gehört mir, um die Dinge zu tun, die mich glücklich machen. Gut, manchmal ein bisschen mehr und manchmal ein bisschen weniger, aber am Ende meines Lebens will ich nicht mehr als ein Viertel mit stupidem Lernen verbracht haben. Wozu?«

*

Gregor Berger blieb dieses Gespräch lange in Erinnerung und er begann auf die Uhr zu schauen. Maximal sechs Stunden für die verdammte Uni mit ihrer verdammten Hochnäsigkeit. Nein, er hatte schon vor Jahren die Freude an seiner Arbeit verloren, aber die Etikette zwang ihn weiterzumachen. Sechs Stunden? Nur sechs Stunden? Was würde man über ihn denken? Würde es überhaupt jemanden interessieren, ob er da wäre?

Das Piepen seines neuen Mobiltelefons ließ ihn zusammenzucken. Es war eine Nachricht von Luci.

›*Großer Eisbecher um 15 Uhr bei Giovanni am Brunnen? Gruß Luci.*‹

Gregor grinste und nickte. Warum auch nicht? Seit letzter Eisbecher war Jahre her.

Um 08:45 Uhr schickte Gregor die Nachricht ab, die den Countdown in eine neue Ära startete.

Der Mut des Schreibtischritters
Sunday Tales Part III

Das heftige Brennen seiner Augen bemerkte er gar nicht. Es hatte sich so daran gewöhnt, dass er es als gottgegeben hinnahm. Gott? War der nicht schon lange tot? Andreas wusste es nicht und eigentlich interessierte es ihn auch nicht weiter. Das wichtigste in diesem Moment war sein Computerspiel, das keine Fehler zuließ. Er war gut. Ja, vielleicht sogar einer der Besten. Das war der Tatsache geschuldet, dass er eigentlich nichts Anderes tat. In die Schule ging er schon eine ganze Weile nicht mehr. Seine Eltern interessierte das nicht wirklich. Sein Vater verbrachte die meiste Zeit in der Kneipe um die Ecke und seine Mutter zog irgendwelchen Kerlen das Geld aus der Tasche. Wie sie das machte, interessierte Andreas nicht wirklich. Überhaupt interessierte ihn nichts außerhalb der virtuellen Welt. Seine Haut hatte seit Langem kein Sonnenlicht mehr gesehen und jeder Gang vor die Tür war eine Qual geworden. Ja, er hatte regelrecht Angst vor der Außenwelt und den seltsamen Wesen, die dort frei umherliefen.

Ganz anders war es in seinen Spielen. Hier war er der Held und Anführer ganzer Gilden. Hier kannte er keine Furcht und stellte sich jeder noch so scheinbar unlösbaren Situation. Er gab nicht auf, bis er siegreich vom Felde ziehen konnte. Das war sein Leben. Seine wahre Identität. Seine Mitspieler bewunderten ihn und beteten ihn regelrecht an. Im realen Leben hatte Andreas keine Freunde. Wer wollte schon mit so einem bleichen Kerlchen etwas zu tun haben? In Gegenwart anderer Menschen begann er regelrecht zu stottern. Er konnte mit ihnen nichts anfangen und sie nicht mit ihm. Nein, er war weder faul noch blöd. Er hätte Großes in der Schule leisten können, aber er ertrug die ständigen Hänseleien nicht mehr. Die bösartigen Beleidigungen und die gemeinen Streiche Tag für Tag waren zu viel für einen pubertierenden Teenager. Die Lehrer interessierten sich nicht für den Außenseiter der Klasse und Andreas' Eltern? Wussten sie überhaupt, dass sie einen Sohn hatten?

Er war sich nicht sicher. Die leere Wasserflasche neben ihm, füllte sich langsam aber sicher mit gelbem Urin. Andreas musste eine Schlacht gewinnen. Im Krieg durfte man keine Pipi-Pausen einlegen.

Das Knurren seines Magens ignorierte er, wie er es immer tat. Sein Team brauchte ihn. Hier brauchten ihn tatsächlich andere Menschen. Er konnte jetzt nicht von diesem Stuhl aufstehen. Für kein Geld der Welt. Außerdem würde ihn außerhalb seiner Zimmertür höchstens sein betrunkener und miesgelaunter Vater erwarten. Keine nennenswerte Option für Andreas. Er konnte nicht einmal sagen, wie lange er schon wieder vor dem Bildschirm saß. Auf jeden Fall nicht lange genug.

Das Klopfen an seiner Zimmertür ging langsam in ein ungeduldiges Hämmern über. Andreas nahm es nur am Rande wahr. Jetzt musste er in die Trickkiste greifen, um den Kampf doch noch für sich zu entscheiden, als plötzlich das Unvorstellbare passierte ... Der Bildschirm war schwarz.

Blankes Entsetzen spiegelte sich auf Andreas' jungem Gesicht wieder. Sein Team brauchte ihn doch. Er konnte seine Leute doch nicht einfach so im Stich lassen.

Ein erneutes leiseres Klopfen holte ihn aus seinen Gedanken. Er hatte die Rollläden wie immer geschlossen und wollte das Licht einschalten, aber auch das funktionierte nicht. Stromausfall. Jetzt? Während dieser wichtigen Schlacht? Hatte sein Vater wieder an der Sicherung gespielt?

Das Klopfen kam nicht zur Ruhe. Andreas seufzte genervt und stand tatsächlich auf. In seinem Kopf hörte er schon die heftige Standpauke seines Alten. Irgendetwas würde er als Sohn schon wieder falsch gemacht haben. Allerdings war das Klopfen an der Tür nicht energisch genug, um durch die Faust seines Vaters verursacht zu werden. Auf dem Weg zur Tür stieß Andreas mit allerhand undefinierbaren Dingen zusammen und trat in sie hinein. Manchmal fühlte es sich ekelhaft an und beim nächsten Schritt ziemlich spitz, aber in der Dunkelheit seines Zimmers konnte er eh nichts erkennen. Er sperrte nach einer gefühlten Ewigkeit seine Zimmertür auf und öffnete diese dann tatsächlich. Das Licht aus dem Flur blendete seine ohnehin schon überreizten Augen. Als er endlich aufhörte zu blinzeln, erschrak er. Da stand einer seiner Lehrer und lächelte. Nein, Andreas würde jetzt nichts sagen. Außer wirres Gestottere käme eh nichts über seine Lippen.

»Darf ich reinkommen?«, fragte Herr Knauber mit freundlicher Stimme.

Andreas nickte unsicher und wusste nicht, wie er sich verhalten sollte. Der stolze Krieger in seinem Herzen, der gerade noch seine Gilde in die Schlacht führte, war verschwunden. Erloschen mit dem letzten Lichtpunkt auf dem Monitor.

Herr Knauber rümpfte zwar kurz die Nase, aber ließ sich dann nicht von den seltsamen Gerüchen in Andreas' Zimmer aufhalten. Lüften war Andreas bisher nicht in den Sinn gekommen.

»Es ist etwas dunkel hier. Möchtest du nicht die Rollläden hochziehen? Es ist so schönes Wetter draußen.«

Daran hatte Andreas noch gar nicht gedacht. Mit Hilfe des schwachen Lichts aus dem Flur bahnte er sich einen Weg durch etliche Kartons, Kleider, Schuhe und leere Flaschen. Das Hochziehen der Läden kam geradezu einem Kraftakt gleich. Warum war er in der realen Welt nur so ein Schwächling?

Mit dem Licht wurde auch das ganze Ausmaß der Verwüstung sichtbar. Andreas wurde sich in diesem Moment bewusst, dass er selbst wohl nicht besser aussah als sein Zimmer. Herr Knauber lächelte ihn dennoch an. Was bezweckte der Mann?

»Darf ich mich setzen?«, fragte er höflich.

Beide sahen sich um. Eigentlich war nirgendwo wirklich Platz, aber Andreas nickte einfach nur. Herr Knauber schob ein paar Kleidungsstücke zur Seite und setzte sich aufs Bett. Andreas rechnete schon mit der Standpauke seines Lebens. Wann war er eigentlich das letzte Mal in der Schule? Er erinnerte sich nicht. Aber was viel schlimmer war: Hatte sein Team den Kampf ohne ihn gemeistert? Er musste ständig an das Online-Spiel denken und trommelte unruhig mit seinen Fingern auf der Fensterbank herum. Merkwürdigerweise sagte Herr Knauber nichts, sondern wartete geduldig, bis Andreas ihn ansah.

Er lächelte schließlich und sagte: »Ich brauche deine Hilfe.«

Andreas entglitten sämtliche Gesichtszüge. Keine Vorwürfe. Kein Ärger. Keine Enttäuschung im Gesicht von Herrn Knauber. Nein, er konnte keine Antwort formulieren.

»Allerdings brauche ich jemanden mit Mut und Führungsqualitäten.«

Andreas zögerte und antwortete schließlich: »Dann sind sie bei mir falsch.«

»Warum?«

Fragte er wirklich ‚warum'? Das war doch wohl offensichtlich. Andreas hielt sich für den Versager des Universums.

»Nun ja«, sprach Herr Knauber weiter. »Ich brauche jemanden mit deinem Mut und deinem Ehrgeiz. Jemanden der sein Team nie im Stich lassen würde.«

Verwirrt schaute Andreas ihn an. Er konnte sich keinen Reim aus den Worten seines Lehrers machen.

Dieser lächelte und führte weiter aus: »Du bist doch Bellator, oder?«

Woher wusste er seinen Online-Namen? Zögerlich nickte er.

»Siehst du. Das wusste ich. Freut mich. Ich bin Draco.«

Jetzt entglitten Andreas sämtliche Gesichtszüge und seine Haut war weiß wie ein Leintuch. Ausgerechnet sein Lehrer war ein treues Mitglied seiner Gilde? Wie konnte er das nur nicht merken? Hatte er nicht regelmäßig im Chat über seine Lehrer und Mitschüler hergezogen? Verdammt.

»Du bist ein großer Kämpfer, Andreas. Ich brauche Menschen wie dich.«

»Niemand braucht mich.«

»Bist du dir sicher?«

»Was ich über die Schule gesagt habe, na ja, ich ...«

»Darum bin ich nicht hier.«

Andreas schaute ihn immer noch verdutzt an. Was wollte dieser Mann von ihm?

»Ich betreue das JuZ hier im Ort. Vielleicht willst du den Kids ein paar coole Spieletipps verraten und mir auch.«

»Ja, warum nicht? Du bist ein super Spieler und meine Mannschaft würde sicherlich zu dir aufsehen. Zu dem legendären Bellator.«

»Niemand sieht zu mir auf.«

Diese Aussage schien Herr Knauber nicht zu interessieren, sondern er sprach einfach weiter: »Also würdest du den Dorfkids ein paar Tricks verraten? Wir haben nämlich vor, unsere eigene Gilde zu gründen, und bräuchten einen talentierten Anführer.«

Reale Menschen wollten den Rat von Andreas? Von ihm? Er konnte es noch nicht begreifen.

»Ja, wir brauchen Tipps vom Meister. Ich habe nur eine Bedingung.«

Andreas verstand gerade die Welt nicht mehr. Gebannt lauschte er den Worten seines Lehrers.

»Ein Anführer muss ein Vorbild sein. Du kommst wieder in die Schule und ignorierst die ganzen Dummschwätzer und schreibst eine gute Arbeit nach der nächs-

ten. Du machst dein Team stolz. Deal?«
Allein der Gedanke, wieder zur Schule zu gehen, erzeugte bei Andreas Übelkeit. »Dein Team verlässt sich auf dich. Sei ein gutes Vorbild.«

Welches Team? Andreas schossen hunderte Gedanken durch den Kopf. Die Außenwelt. Nein, da wollte er nicht hin oder vielleicht doch?

*

Tatsächlich hatte es ein Mann geschafft, dass Andreas die Wohnung wieder verließ. Er hatte sogar geduscht und sich in den Unterricht geschleppt. Alles nur, um nach der Schule Herrn Knauber zum JuZ zu begleiten. Als er durch die Tür kam, wurde er freudig begrüßt. Große Kulleraugen strahlen ihm entgegen. Manche klatschten sogar. Er hatte gar nicht bemerkt, dass sein Ruf ihm vorausgeeilt war. Tausende Fragen preschten auf ihn nieder und er gab gern Auskunft. Zum ersten Mal in seinem Leben war er jemand in der realen Welt und er konnte sein Wissen teilen. Niemals zuvor fühlte er so ein Glücksgefühl in sich selbst, wie an den Tagen im JuZ. Herr Knauber unterstützte ihn, wo er konnte, und gab ihm die Möglichkeit, als Teamleader an Zocker-Wettbewerben teilzunehmen.

Zum ersten Mal in seinem Leben erkannte Andreas, dass er nicht nur ein kleiner Freak war. Es gab Menschen, die zu ihm aufsahen. Reale Menschen, denen er in die Augen sehen konnte. Er war nicht nur ein Held am Schreibtisch, sondern er konnte auch in der Außenwelt Menschen führen und motivieren. Mit jedem Tag fand er ein Stück mehr von sich selbst. Allmählich kam seine Sprache zurück und er erkannte Streiche, bevor sie durchgeführt wurden. Nein, er durfte in der Schule nicht aufgeben. Genauso wenig wie auf dem virtuellen Schlachtfeld. Ein Versagen in der Schule würde ihm sein Team im JuZ nehmen. Seine Leute, für die er alles tun würde. Seine Freunde. Eine eingeschworene Gemeinschaft. Nein, er würde überall seinen Mann stehen. Für sein Team.

Dank des bedingungslosen Verständnisses seines Lehrers erkannte Andreas, dass das Feuer im Herzen eines Menschen für alle Lebensbereiche gilt, wenn man es nur richtig schürt. Andreas war im wahren Leben genau der Anführer, der er auch in der virtuellen Welt war. Manchmal reicht schon ein kleiner Schups in die richtige Richtung, um alles zu verändern. In dem Moment, in dem man seinen Selbstwert erkennt, gibt es keine Grenzen mehr.

Andreas war mehr, als er jemals glaubte, sein zu können. Die virtuelle Welt war keine Fantasie, sondern eine Geldquelle des 21. Jahrhunderts und Herr Knauber hatte dies richtig und rechtzeitig erkannt. Nicht für alle Schüler war der typische gradlinige Weg der richtige. Jeder Mensch hat diese versteckten Talente, die ihn einzigartig machen und nur allzu oft aus der Norm fallen.

Das interessierte Andreas aber auch nicht. Die Angst vor der Außenwelt verschwand mit jedem Tag mit seinen Freunden ein bisschen mehr und die Meinung anderer, erzeugte lediglich ein schwaches Lächeln. Computerspiele waren in der modernen Zeit keine Sackgasse mehr. Er war in der Lage, das Selbstbewusstsein junger Menschen aufzubauen, und wenn er sich Mühe gab, würde er mit seiner Erfahrung auch sicherlich einen Job in diesem Bereich finden. Sein reales Leben war noch nicht vorbei.

Andreas hatte ein Kämpferherz – sowohl in der realen, als auch in der virtuellen Welt.

Ohne gesehen zu werden

(Gedanken)

Sie steht auf der Brücke.
Tränen fallen in den dunklen Fluss.

Tausende Menschen eilen vorbei.
Niemand nimmt sie wahr.

Das wundert sie nicht,
weil sie es nicht anders kennt.

Gedanken.

Nur ein Sprung.

Nur einer,
dann wären alle Schmerzen vergessen.

»Nein«, denkt sie.
»Das wäre zu feige.«

Sie geht,
ohne gesehen zu werden.

Der Fluch der Empathie
Sunday Tales Part IV

Dieses Mal würde es perfekt werden. Dieses Mal würde alles klappen. Würde es? Ja, mit Sicherheit. Es blieb Runya auch nichts Anderes übrig. Eine Hexe zu sein, macht Spaß ... haben sie gesagt. Eine Hexe zu sein, ist ein Geschenk ... haben sie gesagt. Eine Hexe zu sein, wäre das Großartigste auf der Welt ... haben sie gesagt.

Runya wollte keine Hexe sein. Niemand hatte sie gefragt. Sie war einfach eine und zwar von Geburt an. Nein, man konnte sich nicht einfach entscheiden, eine Hexe zu werden. Wie sollte das auch gehen? Runya war nun einmal eine. Allerdings keine gute, wie sie fand. Auf jegliche Form von Magie hätte sie liebend gern verzichtet, und was noch schlimmer war, als der verdammte Zauber, war der elende Fluch der Empathie. Runya sah Menschen nicht einfach nur an. Sie fühlte sie. All ihre Gefühle. Freude wie Leid. Und allmählich begann die junge Hexe unter dem massiven Druck der fremden Gefühle in die Knie zu gehen. Sie wollte allen helfen. Wollte gegen jegliches Leid kämpfen, aber sie hatte nur zwei Hände.

Der ein oder andere harmlose Zauber konnte viele kleine Leiden heilen. Zumindest, wenn man ihn beherrschte. Runya beherrschte es nicht einmal, Eigelb von Eiweiß zu trennen. Sie fühlte sich selbst vollkommen unnütz und fehl an jedem Platz. Um nicht ein erneutes Chaos anzurichten, verzichtete sie auf ihre Magie und machte alles wie ein normales Mädchen.

Von den anderen Hexen verspottet fristete sie ihr Dasein in einer Zwischenwelt, ohne wirklich zu wissen, wer oder was sie eigentlich war.

Wenn Runya ehrlich zu sich selbst war, zauberte sie doch hin und wieder, aber meistens wurde die Situation nur schlimmer. Es gelang ihr einfach nicht, sich auf die Magie zu konzentrieren, während die Gefühle ihres Gegenübers durch ihren Körper strömten. Sie sah Bilder aus der Vergangenheit, Sorgen und Ängste. All diese negativen Einflüsse vermischten sich mit der ursprünglich positiv geladenen Magie. Ein Blumenstrauß für die Nachbarin zum Geburtstag wurde zu schmieriger Asche, wenn Runya versuchte, den Blumen frisches Leben einzuhauchen. Lustige Zaubertricks, die sie den Kindern auf der Straße vorführte, machten ihnen plötzlich Angst und sie liefen schreiend davon. Runya war sich sicher, wenn sie ihre Magie für Größeres einsetzen würde, wäre der Weltuntergang nicht mehr fern. Sie konnte sich anstrengen wie sie wollte, immer und immer wieder standen ihr die Gefühle ihrer Mitmenschen im Wege.

Sie zog sich immer mehr zurück und versteckte ihre Gaben. Versteckte sich vor den Menschen und Hexenkolleginnen. Sie wollte nichts mehr fühlen. Sie wollte niemanden mehr reinlassen. Was war sie nur für eine Versagerin? Niemand verstand die Menschen besser als sie, aber war sie in der Lage, etwas zu tun? Sie war zu gar nichts in der Lage. Sie saugte alles Leid der Welt auf, ohne es ändern zu können. Die Menschen, die magische Hilfe suchten, kamen nur einmal, schüttelten den Kopf und gingen wieder. Manche verfluchten auch Runyas Unfähigkeit. Mehr als einmal lief ein Zauber vollkommen aus dem Ruder und kehrte sich ins Gegenteil. In den Augen der Menschen sah Runya bereits den Scheiterhaufen aufflammen. Hexerei war vollkommen in Ordnung, solange sie Nutzen brachte, aber wenn nicht oder für die falsche Seite, dann war es nach wie vor Teufelswerk.

Runya konnte selbst diese Menschen verstehen. Sie erhofften sich schnelle Hilfe von ihr. Ein Zauber, der plötzlich alle Last von ihren Schultern nehmen würde. Sie spürte die Hoffnung und auch die Enttäuschung, wenn es daneben ging. Es fanden nur wenige den Weg zu den echten Hexen. Nur eine Handvoll Menschen, die wirklich glaubten. Zumindest bis sie Runya kennenlernten. Danach war ihr Glaube an die Magie verschwunden.

Runya hatte sich verloren in all den Gefühlen fremder Menschen. Sie fand nichts mehr in sich, was ihr allein gehörte. Ging es ihr eigentlich schlecht? Nicht einmal diese simple Frage an sich selbst konnte sie beantworten. Ihre Mutter leitete einen Hexenzirkel. Ihre Schwester war auf dem Weg zur Hohepriesterin. Alle ruhten in sich selbst. Im tiefen Einklang mit ihrer Magie. Nur Runya badete das Gedankenchaos anderer aus. Ihr ganzes Leben lang, hatte sie versucht, Menschen glücklich zu machen. Wenn sie es durch Magie nicht schaffte, dann durch aufbauende Worte und kleine Gesten. Sie würde ihr Leben hergeben für jeden, der ihre Hilfe suchte. Kleine Probleme trafen sie genauso wie unüberwindbare. Es kam immer darauf an, wie der Ratsuchende zu seiner eigenen Situation stand. Runya hörte zu, gab Ratschläge. Aber alle wollten nur ihre Magie.

Kein Gespräch. Keine Eigeninitiative. Ein kleiner Spruch, und das Leben wäre wieder perfekt. Sie wünschte sich so sehr, die Menschen glücklich machen zu können. Sie hätte ihnen so gerne ihre Wünsche erfüllt, denn die Freude und das Lachen der anderen, wärmte auch ihr kaltgewordenes Herz. Jedes Lächeln zog sie in die dunkelsten Ecken ihres Selbst und rettete sich über den Tag, bevor die Dunkelheit sie vollkommen verschluckte.

Jetzt saß sie einsam und allein in ihrem Zimmer und betrachtete die feuerroten Herbstblätter, die geschmeidig ihren Weg zur Erde antraten. Sie wünschte sich dermaßen eines von ihnen zu sein. Einfach loszulassen und zu schweben. Einmal im Leben frei sein.

Das Klopfen an ihrer Zimmertür ließ sdie den Kopf heben. Wer wollte denn jetzt was von ihr? Oder hatte sie schon wieder etwas falsch gemacht?

»Ja bitte?«

Die Tür öffnete sich einen Spalt und eine ältere Dame trat ein. Runya erkannte sie und zuckte zusammen. Die schlanke Gestalt mit den langen ergrauten Haaren hatte sie neulich um Hilfe ersucht. Sie war schwer krank und als Runya versuchte, ihr positive Energie zu senden, um ihre

Schmerzen zu lindern, musste die arme Frau sich übergeben, und das nicht nur einmal. Es war eine Katastrophe, und wer hatte diese verursacht?

Ihr warmes Lächeln erzeugte auf Runyas Lippen eine zaghafte Reaktion.

»Darf ich mich setzen?«, fragte die Dame höflich. »Ja, sicher. Was kann ich für Sie tun?«

»Ich wollte mich bedanken.«

Runya schaute sie verwirrt an.

»Wofür? Ich habe dafür gesorgt, dass sie sich übergeben haben und das nicht zu knapp. Es tut mir leid.«

Ihr strahlender Gesichtsausdruck hatte sich nicht verändert und Runya konnte mit der Situation rein gar nichts anfangen.

»Für deine Zeit, meine Liebe. Wir haben fast drei Stunden geredet.«

»Und dann haben sie fast eine halbe Stunde gekotzt.« »Nur daran erinnerst du dich?«

Nein, nicht nur daran. Die Lebensgeschichte der älteren Dame hatte Runya fast den Atem geraubt. Sie litt mit ihrem Gegenüber und durchlebte jeden gefochtenen Kampf am eigenen Leib. Am Ende drohte ihr Brustkorb zu zerspringen.

Runya schüttelte den Kopf und antwortete: »Nein, ich erinnere mich an alles. An ihren Sohn und ihren Mann. An die schlimmen Dinge, die sie mir anvertraut haben und an die schreckliche Diagnose. Und ich? Ich habe Ihnen nicht einmal die körperlichen Schmerzen nehmen können. Ich bin verflucht.«

»Ja, das bist du.«

Runya legte die Stirn in Falten und sah die Frau mit den zahlreichen Falten im Gesicht fragend an. Wie konnte sie denn so etwas so offen sagen? War sie nur dafür gekommen?

»Du trägst den Fluch der Empathie in dir. Du verstehst sie, aber sie verstehen dich nicht. Genau das ist deine ewige Tragödie.«

Runya war sprachlos. Woher wusste diese Frau das?

»Ich sterbe, Mädchen. Weißt du warum? Weil ich mein ganzes Leben anderen gewidmet habe. Ich habe ihre Kämpfe ausgefochten, bis meine Hände bluteten. Ich habe ihre Lasten getragen, bis mein Rückgrat brach. Ich habe alles von mir geopfert, bis ich mich nicht einmal mehr selbst im Spiegel erkannt habe. Ich kam zu dir, um dich um eine Kräutermischung zu bitten. Eine giftige Mischung, die meinen

Krankheitsprozess beschleunigen würde. Ich wollte nicht mehr für andere leben. Ich wollte sterben, damit die Welt sieht, dass sie einen Diamanten weggeworfen hat, während sie Steine polierte.«

»Aber Sie haben mich nach gar keinem Kraut gefragt.« »Nein, meine Liebe. Dein Schweigen war Balsam für meine Seele. Zum ersten Mal in meinen vielen Lebensjahren hat mir jemand zugehört. Mir. Du wolltest nichts von mir. Nicht einmal eine Bezahlung. Du hast mich verstanden. Du hast mich wirklich verstanden und wolltest mir helfen. Du wolltest mir helfen, obwohl du wusstest, dass es wahrscheinlich nicht funktioniert, aber du hast all deinen Stolz vergessen, nur um mir zu helfen, mit allem, was du hast. Ich habe mich in dir erkannt. Es war, als würde ich in einen Spiegel blicken. Dein Zauber hat nicht versagt. Du hast mir das Gift ausgesogen. Mein Körper musste sich reinigen. Alles war richtig. Ich habe nie zuvor so eine Wärme in meinen Adern gespürt, als in diesem Moment. Danke dafür. Ich will leben und ich will endlich für mich leben. Bisher hatte ich meinen Wert nicht erkannt und die Krankheit hatte leichtes Spiel. Das ist nun vorbei. Ich bin zu alt, um jung zu sterben.«

»Warum sind sie hier, wenn es Ihnen doch bessergeht?«

»Du warst für mich da in meiner dunkelsten Stunde. Jetzt bin ich für dich da. Die Empathie ist nicht nur ein Fluch. Das weißt du. Du weißt mehr als jeder andere, wie gut es tut, anderen zu helfen. Aber du musst lernen, auch dir selbst zu helfen. Behandle dich wie die anderen und lass los, was nicht zu dir gehört.«

»Wenn das so einfach wäre.«

»Der Weg ist leicht, Mädchen ... Aber hat dir leicht jemals gereicht?«

Sie schaute auf die verwelkte Rose in der Vase auf der Fensterbank, stand auf und pustete vorsichtig auf die trockenen Blüten. Innerhalb eines Wimpernschlages richtete sich die Rose auf und strahlte in leuchtendem Rot.

Runya traute ihren Augen nicht und fragte erstaunt: »Du bist eine Hexe?«

Die ältere Dame nickte und antwortete: »Ja, mein ganzes Leben schon, aber meine Magie hat mir immer nur Leid gebracht. Die aufgesogene Negativität hat meinen Zauber dunkel werden lassen, bis ich ihn ganz abgelegt habe für viele, viele Jahre. Lass nicht zu, dass die Negativität der Menschen Besitz von deiner Seele ergreift. Zuhören. Helfen. Das sind deine Lebenselixiere, aber du musst die Menschen nur verstehen und ihnen nicht den Schmerz abnehmen. Zeig ihnen einen Weg, aber geh ihn nicht für sie. Empathie ist eine wertvolle Gabe, ob sie zum Fluch wird, liegt allein in deiner Hand.«

*

Runya und die alte Celeste verband von nun an eine Magie, die nichts mit Hexerei zu tun hatte. Sie begann, sich mit ihren Augen zu sehen, ihre Ängste und Wünsche wiederzuerkennen und sie spürte, wie das dunkle Gift ihrer eigenen Selbstzweifel mit jedem Atemzug ihren Körper verließ. Nein, die Empathie war kein Fluch. Sie war die Brücke zu Runya selbst und zu allen anderen. Ein Netzwerk für die unterschiedlichsten Seelen, welches in den buntesten Farben leuchtete. Selbstbewusstsein bedeutet, sich seiner selbst bewusst zu sein. Mit jedem neuen Tag lernte sie, ihre Gefühle von den anderen zu filtern. Positives aufzunehmen und Negatives loszulassen. Mit jedem Glücksgefühl, das ihren Körper durchströmte, fühlte sie ihre Magie wachsen. Eine Macht, die gar nicht mehr in der Lage war, Asche und Staub zu erschaffen, sondern nur leuchtende Farben.

Das Rückgrat des Regenwurms
Sunday Tales Part V

»Hör auf mit dem Blödsinn, Max. So ein dummes Gewäsch.«

Warum fragte er überhaupt noch? Die Worte seiner Mutter kamen ihm langsam wie ein Tonband in Dauerschleife vor. Jede noch so gut zurechtgelegte Argumentation führte nur ins Leere.

»Du bist ein Regenwurm und kein verdammter Fisch. Akzeptier das endlich.«

Ja, Max war ein Regenwurm und damit hatte er grundsätzlich auch keine Probleme. Das Leben war nicht schlecht. Die Erde war weich, die Nahrung ausreichend und überhaupt war alles in bester Ordnung. Zumindest fast alles. Wenn Max seinen Kopf durch die feuchte Erde steckte und in den Himmel schaute, ersehnte er geradezu den nächsten Regenschauer. Er liebte die dicken Tropfen besonders und hoffte so sehr, dass einer davon ihn treffen würde. Er konnte sich seine Faszination für Wasser nicht erklären. Es spielte auch keine Rolle. Er liebte es einfach von der ersten Sekunde an. Damals als kleines Würmchen entdeckte er diesen gigantischen Tautropfen, der vom Sonnenlicht angestrahlt wurde, und seither war es um ihn geschehen. Das Gefühl von feuchter Erde auf seiner Haut war schon toll, aber reines Wasser war wie das Paradies. Kleine Pfützen waren der Anfang und größere das Ziel. Max wollte ins Wasser. Er wollte hinein mit Leib und Seele. Er wollte seinen Traum leben. Wie eine Sucht zog ihn dieses Gefühl an.

Seine Eltern sahen das allerdings ganz anders. Regenwürmer gehören in die Erde und nicht ins Wasser. Schauermärchen hatten sie ihm erzählt. Unzählige davon. Im Wasser lauere der Tod. Panische Angst hatten sie ihm gemacht, als sie ihm demonstrierten, wie er kläglich ertrinken würde.

Jetzt saß Max nur noch am Rande schöner großer Pfützen und starrte bewegungslos auf die Wasseroberfläche. Der Tod? Das Verderben? In dieser wunderschönen Pfütze? Und wenn schon. Ja, er hatte ein glückliches Leben, ohne erfüllte Träume. Glücklich? War er glücklich? Nun ja, alle sagten, dass er sich glücklich schätzen konnte, und wenn er so sein Leben betrachtete, hatten sie auch alle Recht. Doch wenn Max in den stillen Stunden in sich hinein fühlte, war da kein Glück. In Max waren Wünsche und Träume, die er blass am Horizont sehen aber einfach nicht erreichen konnte. Ganz egal, wie weit er sich streckte. Seine Eltern würden ihn schon wieder zurückziehen. Sie konnte das Feuer, dass er in sich spürte, ja nicht sehen, und wenn, hätten sie es auch sofort gelöscht. Vielleicht hatten sie ja auch Recht. Vielleicht rannte er einem irrsinnigen Traum hinterher, dessen Verwirklichung ihn das Leben kosten konnte. War es das wert?

*

Er wühlte sich stundenlang durch die Erde voran und als seine Augen wieder Tageslicht erblickten, erblickte seine Seele, ein Wunder. Das war keine Pfütze. Das war ein See. Die Wellen schlugen sanft gegen das Ufer, während sich die aufgehende Sonne auf der Wasseroberfläche spiegelte. Wie hypnotisiert betrachtete Max die Schönheit vor seinen Augen und das bizarre Schauspiel dazu. Da kroch ein anderer Regenwurm aus dem See ans Ufer. War er etwa hineingefallen? Brauchte er Hilfe? Nein, er sah eigentlich sehr zufrieden und fidel aus. Mehr als das. Er strahlte richtig und rief Max ein freundliches *Hallo* entgegen.

»Hallo«, antwortete dieser zögerlich.

»Ich bin Hans. Gibt es etwas schöneres als eine Runde schwimmen am frühen Morgen?«

Schwimmen? Er war tatsächlich schwimmen? Ungläubig stierte Max sein Gegenüber an.

»Du warst schwimmen? In diesem riesigen See? Warum?«, fragte er vollkommen entgeistert.

»Weil ich es liebe«, war die kurze und nicht anfechtbare Antwort von Hans.

»Aber was, wenn die Strömung dich weiter hinausgetragen hätte?«

»Und?«

»Du wärst ertrunken.«

Hans lächelte und schüttelte den Kopf.

»Hat man dir das erzählt, Kleiner?«

»Ja, Pfützen sind schon gefährlich, wenn sie tief sind.«

»Was machst du dann so nah an einem See?«

Max senkte den Kopf und antwortete: »Ich liebe das Wasser. Es gibt nichts Schöneres für mich und ich will ihm so nah, wie möglich sein.«

»Warum gehst du dann nicht hinein und tust das, was dich glücklich macht? Du liebst es doch.«

»Ja, aber ich könnte sterben. Ich habe Angst.«

»Furcht beschützt dich nicht vor dem Tod. Furcht beschützt dich vor dem Leben, Kleiner.«

Darüber hatte Max noch nie nachgedacht. Aber irgendwie machte das Sinn.

»Du liebst Wasser. Du willst schwimmen. Dann tu es.«

»Und wenn die Strömung mich hinauszieht?«

»Dann hast du ein hartes Stück Arbeit vor dir, wieder zurückzukommen, aber sollte man nicht kämpfen für seinen Traum? Es lohnt sich immer.«

»Aber ich könnte ertrinken.«

»Wer hat dir das denn erzählt?«

»Meine Eltern.«

»Hast du denn jemals mit einem anderen Regenwurm gesprochen, der geschwommen ist? Mit jemandem, der deine Leidenschaft teilt und nicht als Spinnerei abtut? Hat dich jemals ein anderer Regenwurm verstanden?«

Darauf hatte Max keine Antwort parat. Eigentlich nicht. Nein, er glaubte stets, dass er der Einzige wäre, der so seltsam tickt.

»Deine Eltern wollen dich beschützen. Das ist klar. Aber haben sie sich jemals ernsthaft mit der Situation auseinandergesetzt? Haben sie wirklich die Risiken abgewogen und dich unterstützt? Wohl eher nicht, sonst wüsstest du, was es bedeutet, ein Regenwurm zu sein.«

»Wie meinst du das?«

»Du wirst nicht ertrinken, weil Du keine Lunge hast, die sich mit Wasser füllen wird. Du atmest durch deine Haut und deinem Körper ist es egal, ob er aus der Luft oder dem Wasser Sauerstoff zieht. Du musst eigentlich nur entscheiden, ob du das anstrengende Schwimmen, dem gemütlichen Graben vorziehst.«

»Ich werde nicht ertrinken?«

»Ich kann dir nicht versprechen, dass dir beim Schwimmen nichts passieren wird. Es gibt viele Gefahren, mein junger Freund. Aber wer kann dir denn garantieren, dass dir beim Graben nichts Schlimmes passieren wird? Niemand. Wir haben alle nur eine begrenzte Zeit auf dieser Erde. Wir sollten sie mit den Dingen füllen, die wir lieben, und unsere Angst vergessen. Ich bedauere alle Regenwürmer, die so vorsichtig gelebt haben, dass sie wie neu sterben. Welche Verschwendung. Das Leben ist zum Leben da. Findest du nicht?«

Als Hans sich zu Max drehte, war dieser bereits auf dem Weg in Richtung Ufer.

»Warte!« Max hielt inne und drehte sich um. »Da drüben ist das Wasser nicht so tief und die Strömung schwach. Du musst langsam anfangen, sonst hast du ja keine Steigerungsmöglichkeit mehr. Nur Übung macht den Schwimmmeister.«

Er hatte Recht. Max wagte sich ganz langsam und vorsichtig immer weiter vor. Sein Herz schlug wie wild und seine Angst hatte ihn umklammert, aber er würde sie bezwingen. Er wollte schwimmen und er würde schwimmen. Das Glücksgefühl, welches ihn durchströmte, war unbeschreiblich. Jetzt war er vollkommen infiziert vom kühlen Nass. Hans beobachtete seinen neuen Schützling, der ihn so sehr an seine eigene Jugend erinnerte. Mut ist nicht die Abwesenheit von Angst, sondern trotz ihrer Anwesenheit zur Tat zu schreiten.

Max war angekommen. Angekommen bei sich selbst und er würde sich nie wieder im Stich lassen.

Es war anstrengend, aber das interessierte ihn nicht. Sein Körper würde mit jeder Runde stärker werden und irgendwann würde er auch weiter hinausschwimmen. Die Wahrheit hatte ihm eine Tür geöffnet, die keine Lüge der Welt mehr schließen würde. Er war ein Regenwurm und er wollte schwimmen. Also schwamm er.

50 Fragen vor 08:49 Uhr

Sunday Tales Part VI

Sonntag, 07:26 Uhr

»*Nüchtern betrachtet, war es betrunken besser.*«

War es das wirklich? Tatsächlich? Oder habe ich mir einfach nur eingebildet, dass meine Probleme im selben Rhythmus verschwinden wie sich die Flasche leert? Nüchtern. Nein, wirklich nüchtern bin ich wahrlich noch nicht. Das liebliche Gift strömt weiterhin durch meine Adern, aber seine Wirkung verblasst allmählich, denn meine Probleme treten erneut aus dem nebligen Schleier. Der Vorhang wird langsam zurückgezogen und Kummer, Sorge und Stress werden für ihren Auftritt bereitstehen. Gut vorbereitet. Auf sie ist wahrlich verlass. Die Wohnung ist verwüstet. Wie lange eigentlich schon?

Egal, es wird sich auch heute nichts ändern. Warum eigentlich nicht? So schlimm ist das Chaos doch gar nicht. Zwei oder drei Stunden und hier würde alles in neuem Glanz erstrahlen. Aber muss ich erst nicht wichtigere Probleme lösen? Es würde eh in nächster Zeit niemand zu Besuch kommen, also wen sollte schon die Unordnung scheren? Vielleicht mich? Warum sollte meine Wohnung nicht den Zustand meines Geistes widerspiegeln? Oder wäre äußere Ordnung vielleicht der Weg zu inneren Reinheit?

Habe ich überhaupt Zeit zum Aufräumen und Putzen? Vielleicht störe ich auch die Nachbarn am heiligen Sonntag. Staubsaugen, kommt auf jeden Fall nicht in Frage. Macht es dann überhaupt Sinn anzufangen? Was muss ich heute eigentlich noch alles erledigen? Die ganzen Emails der Woche. Habe ich schon allen geantwortet? Sicherlich nicht. Das ist nicht gut. Das muss ich jetzt sofort erledigen. Und telefonieren. Wen muss ich noch gleich alles anrufen? Wo sind eigentlich mein Headset und mein Handyladekabel? Die Bestellung habe ich auch noch nicht aufgegeben. Brauche ich noch etwas?

Es wäre ja Blödsinn zwei- oder dreimal beim selben Anbieter zu ordern. Wäre wieder typisch, dass ich die Hälfte vergesse. Sollte ich Gedächtnisübungen machen? Wäre das eine Hilfe oder nur eine weitere Belastung? Sport. Sport müsste ich auch dringend machen. Kommen meine stetigen Rückenschmerzen vom vielen Sitzen?

Aber wann soll ich denn auch noch Sport machen? Bleibt dann nicht noch mehr liegen? Und welche Art Sport überhaupt? Ich weiß nicht. Eigentlich bin ich jetzt schon vollkommen mit meinem Leben überfordert. Habe ich heute noch irgendwelche Termine? Nein, heute nicht. Also habe ich ausreichend Zeit, um alles Rückständige zu schaffen. Mit was fange ich denn an? Was ist denn jetzt am wichtigsten? Habe ich überhaupt noch einen Überblick und wo ist meine *To-Do*-Liste?

Weg. Schon wieder ist alles weg. Außerdem ist mir schlecht. Habe ich gestern zu viel getrunken? Nein, nicht mehr als sonst. Trinke ich eigentlich generell zu viel? Unwahrscheinlich oder eher doch nicht? Habe ich überhaupt noch Wein im Haus, wenn nächste Woche mein Besuch kommt? Stimmt. Es kommt doch jemand zu Besuch. Verdammt. Mögen die eigentlich Wein? Wann soll ich denn noch einkaufen gehen? Gut, ich muss die Woche einfach durchplanen. Dann klappt das schon. Sollte ich den Plan nicht lieber jetzt direkt machen? Dazu müsste ich aber endlich mal aufstehen. Neben dem Bett türmen sich schon wieder die ungelesenen Bücher.

Vielleicht komme ich heute zum Lesen. Habe ich eigentlich Zeit dazu? Nein, eigentlich nicht. Vielleicht sollte ich mir erst einmal einen Kaffee machen. Mit Milch und Zucker? Sind das nicht nur unnötige Kalorien? Also schwarz. Sollte ich heute nicht lieber mal weniger essen? Schaden würde es meiner Figur sicherlich nicht. Habe ich überhaupt noch was im Kühlschrank? Wohl nicht. Der müsste auch mal wieder ausgewaschen werden. Wann habe ich das eigentlich zum letzten Mal gemacht? Dürfte mal wieder Zeit sein. Zeit. Ich brauche mehr Zeit. Kann ich morgen vielleicht früher Feierabend machen? Dann könnte ich noch den privaten Papierkram erledigen. Wo liegt eigentlich das Schreiben vom Finanzamt?

Habe ich das wegsortiert? Ich glaube nicht. Wo hab ich denn den Stapel mit unsortierter Post hingelegt? Hab ich überhaupt schon alle Briefe geöffnet? Ich muss noch einen neuen Stempel bestellen. Wo bestell ich den denn am besten? Muss ich gleich mal im Internet schauen. Wollte ich noch was anderes im Internet recherchieren? Ich muss dringend an meinem Gedächtnis arbeiten oder Listen machen. Listen sind gut. Wenn ich sie nur nicht ständig verlegen würde. Es müssten verschiedene Listen sein, die aber trotzdem zusammen sind. Wir setze ich das am besten um? Wo ist eigentlich mein Handy? Ah, da ist es ja. So spät schon?

Sonntag, 08:49 Uhr – 50 Fragen später

Ich liege hier jetzt seit über einer Stunde und fahre Gedankenkarussell. Erreicht habe ich heute noch nichts, aber ich habe über einiges nachgedacht. Wie eigentlich immer. Rund um die Uhr. Selbst in meinen Träumen. Man sollte meinen, dass mir irgendwann extrem übel werden müsste, auf dem stetig drehenden Karussell. Das ist auch so, aber Absteigen kam noch nicht in Frage. Herzlichen Glückwunsch zu diesem großartigen Erfolg. So gewinnt man Kriege, indem man sie einfach tot denkt und sich vor der Schlacht versteckt, weil man planen muss, während andere schon die Schwerter gezogen haben.

Nein, darüber werde ich jetzt nicht weiter philosophieren. Es gäbe sicherlich noch genügend weitere Fragen, die sich nach der Verschmelzung mit einer Antwort sehnen. Wichtige und nicht ganz so wichtige. Sollen sie nur. Ich sehne mich nach etwas ganz Anderem. Geistige Ruhe und Unbeschwertheit. Gedanken werden zu Ideen und nichts ist mächtiger, als eine Idee, deren Zeit gekommen ist. Treffender als *Victor Hugo* es getan hat, kann man es nicht formulieren. Die Zeit ist immer dann gekommen, wenn aus Träumen Visionen werden und mein Leben grübelnd zu verbringen, war sicherlich kein Traum.

Fuck this shit. Aufstehen. Anziehen. Schlüssel. Manchmal gibt es kein schöneres Geräusch, als eine zufallende Tür, wenn man auf der richtigen Seite steht. Der Tag hat eine Chance verdient. Ich habe eine Chance verdient. Das Leben hat eine Chance verdient. Frische kühle Luft, die meinen Körper durchströmt, den der Alkohol so gebeutelt hat. Die Welt nimmt mich tatsächlich freundlich auf, obwohl ich sie lange vernachlässigt habe.

Fragen sollten nichts weiter als die Vorstufe einer Handlung sein. Das Fragen sollte aber nicht die Handlung selbst werden. Ich höre auf. Genau jetzt. Aus und vorbei. Alles was zählt, ist genau dieser Moment. Dieser Weg in diesem Augenblick.

*

Wunder sind so leise. Sie blühen am Straßenrand in all dem Smog der kreischenden Stadt. Sie breiten ihre Schwingen aus und gleiten durch die Lüfte. Manchmal schauen sie dich auch aus wunderschönen Augen an. Wunder stellen keine Fragen. Wunder passieren einfach, wann und wie es ihnen gefällt.

*

Als die Fragen verstummen, weil ich ihnen die Aufmerksamkeit gänzlich entzogen habe, höre ich etwas Anderes in mir. Es knistert und lodert. Der frische Wind der Außenwelt schürt einen kleinen Rest Glut und belebt die Flammen. Je tiefer ich atme, je tiefer ich fühle, umso schneller breitet sich das Feuer aus und entzündet alle Brücken, die zur Bühne meines Lebens führen. Zu dem Theaterstück, welches seit so langer Zeit immer nur dieselben Protagonisten in denselben deprimierenden Rollen zeigt.

Wenn ich mich jedoch abwende und in die andere Richtung schaue, die vorher so dunkel war in mir, so finster und beängstigend unbekannt, erkenne ich, dass die brennenden Brücken nun einen Weg erleuchten, der im Verborgenen lag. Ich weiß nicht, was ich dort finden werde, aber ich weiß, was ich aufgebe. Ich bin gerade zu erleichtert, um zu trauern. Ich werde jetzt selbst entscheiden, was ich auf meiner Bühne sehen will, denn ich bin der einzige Dauergast in meinem Leben.

Es ist Zeit für die Inszenierung eines neuen Theaterstückes. Zeit für eine Veränderung, die ich heute sicherlich nicht planen werde. Ich lasse sie einfach geschehen. Ohne Frage.

Diese besonderen Menschen
(Gedanken)

Es sind nicht die stillen Momente, in denen dir die Kraft ausgeht. Es sind die lauten Augenblicke, während du vom pulsierenden Leben umzingelt bist.

Doch wird die Welt anhalten und die Erschöpften aussteigen lassen? Sicherlich nicht.

Doch plötzlich sind sie da.

Diese besonderen Menschen, die plötzlich für dich stark sind. Die nicht im Geringsten interessiert, ob du von alleine noch weitergehen kannst, wenn sie dir eine Last abnehmen können. Diese besonderen Menschen, die die ihre Stimme leihen, wenn du kein Laut mehr von dir geben kannst. Diese besonderen Menschen, die für dich sehen, wenn du glaubst, auf ewig erblindet zu sein.

Die Welt ist reich an pulsierendem Leben, aber arm an den Menschen, die dir Obdach davor gewähren. Die Welt ist voller Menschen, die durch die Hölle gegangen sind. Aber arm an solchen, die bereit sind zurückzugehen und die Verirrten zu suchen.

Das Buch
Sunday Tales Part VII

Wieder ein hektischer Morgen. Kinder wecken. Brote schmieren. Kaffee kochen. Nina hetzte von einer Ecke des großen Hauses in eine andere. Keine Sekunde zum Luftholen. Ein Mann, drei Kinder und ein Hund wollten versorgt werden und niemand wollte seine Bedürfnisse auch nur einen Moment zurückstellen. Wie ein Roboter erledigte Nina alle ihre Aufgaben. Der eine Gedanke hielt sie in Bewegung. Nach der Hausarbeit würde sie endlich das Buch lesen, das ihre Mutter ihr vor neun Monaten geschenkt hatte. Sie wusste nicht einmal, worum es in diesem Buch ging. Es lag auf dem Bücherregal und Nina staubte es jeden Tag sorgfältig ab, aber geöffnet hatte sie es nie. Heute war der Tag. Heute würde sie endlich Zeit finden.

Zack... schon lag das Marmeladenbrot auf dem Küchenboden. Aufheben. Ein neues Brot schmieren. Boden wischen. Die Zeit drängt. Schnell die Jacken für die Kinder holen und die Schuhe anziehen. Die Pausenbrote müssen in die Rucksäcke und Lisas Sporttasche fehlt noch. Ein beiläufiger Abschiedskuss ihres Ehemannes und schon fiel die Tür ins Schloss. Alle sind weg. Stille.

    Nina atmete durch. So hatte sie sich ihr Leben nicht vorgestellt, aber sie musste funktionieren. Sie war der Motor dieser Familie. Das war ihr bewusst. Hund Skippy stupste sie mit seiner feuchten Nase an. Natürlich... er musste raus. Schnell kämmte Nina ihre Haare, zog die Schuhe an und lief mit Skippy um den Block. Worum es wohl in dem Buch ging? Immer wenn sie es lesen wollte, kam irgendetwas dazwischen. Ihre Mutter hatte ihr noch nie ein Buch geschenkt. Überhaupt hatte sie in den letzten Monaten kaum etwas von ihrer Mutter gehört. Sie wohnte ca. 150 Kilometer entfernt, aber Nina hatte keine Zeit, diese Strecke zurückzulegen. Die Kinder, der Haushalt, ihr Mann. So war es bereits vier Monate her, dass sie ihre Mutter zum letzten Mal gesehen hatte. Auch Telefonate waren selten geworden. Meistens ging Nina nicht ran. Sie war zu beschäftigt und wollte ihren Abend nicht noch ihrer Mutter widmen. Ausgebrannt und leer fühlte sie sich nach jedem Tag. Nur noch der Fernseher schenkte ihr etwas Ruhe.

    Wieder zu Hause räumte sie schnell die Küche auf, machte die Betten und erledigte die Einkäufe. Gegen zwölf Uhr war alles erledigt und sie wollte zum Buch greifen, als das Telefon klingelte. Es war ihre Tochter Melanie. Die letzten beiden Stunden würden ausfallen und sie müsse abgeholt werden. Also Schlüssel schnappen und auf zur Schule. Schnell wieder nach Hause. Kaum hatte Nina die Tür hinter sich geschlossen, fiel Melanie ein, dass Friederike aus ihrer Klasse wohl ihr Mathebuch eingesteckt hatte. Wieder ins Auto. Nina hetzte zu Friederike und holte das vergessene Stück ab. Sie schielte auf die Uhr. Fast 13 Uhr. Die anderen beiden Kids kämen gleich aus der Schule. Das Mittagessen musste fertig werden. Sie schnippelte das Gemüse, damit ihre Kinder ein gesundes Essen bekamen. Noch schnell den Tisch decken und die Getränke aus dem Keller holen. Fertig.

Minuten später sprang die Tür auf und die beiden stürzten ins Haus, warfen ihre Sachen in die Ecke und

setzten sich an den Tisch. Nach dem Mittagessen räumte Nina erneut die Küche auf und die Sachen der Kinder weg. Gleich geschafft. Dann kann sie endlich mit dem Buch anfangen. Doch sie erblickte das traurige Gesicht von Melanie, die mit ihren Hausaufgaben nicht weiterkam.

Ohne zu zögern, setzte sie sich mit ihrer Tochter zusammen und half ihr dabei. Gemeinsam meisterten sie auch Algebra, und als Nina endlich nach dem Buch griff, durchbrach die Stimme von Timo die Stille. Natürlich... er hatte Fußballtraining. Wieder ins Auto. Sie mussten noch Frank abholen. Dann zur Sporthalle.

Mit festem Willen, das Buch zu lesen, betrat Nina ihr Haus und fand ihre Freundin Marianne auf der Couch. Sie hatte neuen Klatsch und Tratsch gehört, den sie unbedingt loswerden wollte. Nina kochte schnell Kaffee und stellte Kekse auf den Tisch. Gelangweilt von Mariannes Gespräch streiften ihre Blicke immer wieder das Buch auf dem Regal. Erst als sie das Abendessen für ihren Mann richten musste, verabschiedete sich Marianne. Nina legte zu Hause alles zurecht und holte dann ihren Sohn ab, der aufgeregt von seinem Training berichtete.

Pünktlich gegen 17 Uhr kam Ninas Mann nach Hause und sie servierte ihm das Essen. Smalltalk über die Arbeit und wieder die Küche aufräumen. Ihr Mann brauchte morgen dringend sein gutes Hemd für ein Meeting. Also schnell in den Keller und die Waschmaschine anstellen. Die Kinder waren in den Zimmern verschwunden und so drehte Nina eine weitere Runde mit Familienhund Skippy.

Die Waschmaschine piepste bereits, als sie zurückkam. Schnell das Hemd auf die Heizung gelegt. Während es trocknete, könnte sie ja anfangen, das Buch zu lesen. Ihre Mutter würde sich bestimmt freuen. Jedes Mal fragte sie danach. Doch Lisa kam ins Wohnzimmer und schaute traurig.

Der Schmetterlingsknopf ihrer Lieblingshose hatte sich gelöst. Nadel und Faden hatte Nina schnell zur Hand, und reparierte gekonnt die Hose und Lisa strahlte wieder. Die Sonne war bereits hinter dem Horizont versunken, als Nina das Hemd bügelte.

Jetzt war es soweit... sie griff nach dem Buch und wollte es aufschlagen, als Lisa wieder im Zimmer stand. Sie konnte nicht schlafen und Nina setzte sich zu ihr und las ihr aus ihrem Lieblingsbuch vor. Irgendwann war sie tatsächlich eingeschlafen und Nina setzte sich mit dem Buch ihrer Mutter ins Wohnzimmer. Bevor sie jedoch die erste Zeile lesen konnte, war sie selbst eingeschlafen. Ihr Mann weckte sie und brachte sie ins Bad. Danach fiel sie ins Bett.

Die nächsten Tage verliefen nicht anders. Das schlechte Gewissen plagte sie. Jeder Versuch, ihre Mutter zu erreichen, blieb erfolglos. An einem Sonntag fasste Nina sich ein Herz und packte die Kinder ins Auto. Sie wollte ihre Mutter besuchen. Sie hatte einen Kuchen gebacken. Ihr Mann war mit Freunden zu einem Fußballspiel gefahren. Nina fuhr die 150 Kilometer allein und hielt vor dem Haus ihrer Mutter. Niemand öffnete die Tür. Eine Nachbarin kam zu ihr hinüber und erklärte ihr, dass ihre Mutter bereits seit langer Zeit regelmäßig ins Krankenhaus musste.

Fassungslos über diese Nachricht fuhr Nina sofort ins Hospital und fragte nach ihrer Mutter. Der Arzt kam ihr entgegen und seine Augen ließen sie frösteln. Ninas Mutter war vor wenigen Stunden verstorben, nachdem sie die letzten Monate mit einer schweren Krankheit gekämpft hatte. Sie wollte ihrer beschäftigten Tochter nicht zur Last fallen und am Ende ging diese nicht einmal mehr ans Telefon. Ihre Mutter starb allein.

Tränen liefen leise über Ninas Wange. Das Buch. Das Buch. Ninas Mutter hatte immer nur nach diesem Buch gefragt. Nie hatte sie gesagt, dass sie krank wäre. Wie konnte das passieren? Wie konnte sie ihre

Mutter einfach vergessen? Wie konnte sie nicht bemerken, wie schlecht es ihr wirklich ging?

Geschockt von der Nachricht fuhr Nina mit den Kindern wie in Trance nach Hause und nahm das Buch. Sie schloss sich in ihr Schlafzimmer ein und begann zu lesen ...

Für meine über alles geliebte Tochter Nina, die meinem Leben erst einen Sinn gegeben hat.

Die Widmung berührte Nina tief und erneut ihr traten erneut ihr Tränen in die Augen. Sie begann zu lesen und hörte nicht auf. Stunde um Stunde um Stunde. Bis zum Ende.

Ihre Mutter hatte ihre Leidensgeschichte aufgeschrieben. Alle ihre Ängste und Zweifel. Aber auch ihre Hoffnungen, dass ihre Tochter und ihre Enkel diesen schweren Weg mit ihr zusammen gehen würden. Sie beschrieb ihre Vorstellungen von einer glücklichen Familie und von dem Wunsch, friedlich einzuschlafen, nachdem sie ihren Enkeln eine Geschichte vorgelesen hätte und ihrer Tochter gesagt hätte, wie stolz sie auf sie war. Jede schöne Erinnerung hatte sie, wie in einem Tagebuch, festgehalten, als hätte die Erinnerung sie am Leben erhalten. Gegen Ende des Buches verblassten ihre Hoffnungen und sie beschrieb, wie ihr nach und nach die Kraft versagte, bis sie schließlich aufhörte zu schreiben und allen Lesern und deren Familie ein glückliches erfülltes Leben wünschte im Kreise der Menschen wünschte, die sie lieben. Sie würde nun sterben, wie sie gelebt habe... allein.

Bei Sonnenaufgang schlief Nina ein und träumte von ihrer Mutter, die ihr zulächelte. In der Hand hielt sie immer noch das Buch mit dem Titel ...

... Der Tod zieht an mir, aber die Liebe hält mich fest

Der Boden des Glases

Sunday Tales Part VIII

Tausend Ideen. Tausend Visionen. Tausend ... Verpflichtungen. Emma war das gute Mädchen. Das war sie immer. Daran hatte auch die Zeit nichts geändert. Schon früh begriff sie, dass Liebe und Handel eigentlich dasselbe waren. Ihre Kindheitsträume versteckte sie tief in ihrer Seele, denn sie wusste, dass Wünsche so mächtig werden konnten, dass selbst der Körper das Herz hinter massiven Rippen, wie in einem Käfig, gefangen hielt, um einen Ausbruch zu verhindern. Die schillernden Farben ihrer kindlichen Fantasie hatte sie hinter grauen Mauern eingepfercht, sodass kein Lichtschein nach außen dringen konnte.

Hätte man Emma heute gefragt: ‚Was ist denn aus dem Mädchen mit den vielen Visionen geworden?' ... hätte sie ohne Zögern geantwortet: ‚Eine Frau mit Whisky.'

Aber Emma hatte niemals eine Gelegenheit, diese Antwort zu geben, denn niemand fragte sie, was denn aus ihren Träumen geworden war. Sie wollte ihrem Ruf, ihrer Be**RUF**ung folgen. Sie wollte zeichnen und komponieren. Sie wollte die

Schönheit des Seins fühlen. Was sie fühlte, war Schuld. Wer war sie eigentlich? Schuld? Ja, immer. Das schuldige gute Mädchen, denn je mehr sie investierte in den Handel, umso mehr zog man sie über den Tisch. Ja, sie war zweifellos ein guter Mensch. Ein guter Mensch mit einem leeren Whiskyglas. Es spielte schon lange keine Rolle mehr, ob das Glas halb leer oder halb voll war. Wichtig war einzig und allein, wie viele Flaschen noch da waren.

Doch dieses Mal starrte Emma sehr lange auf den Boden ihres Kristallglases. Er schimmerte noch bräunlich von dem teuren Scotch, den sie wie Saft trank. Jeden Tag und immer mehr. Es war ihr Ausweg, denn nur im Nebel des Alkohols verschwanden die Schuldgefühle für ein paar Augenblicke, um danach stärker als je zuvor zurückzukommen. Mehr Schuld. Mehr Alkohol. Sie trank nicht mehr aus Freude oder Genuss. Sie trank als Flucht. Flucht vor den eigenen Vorwürfen, die in ihrem Kopf wüteten. Allein der Alkohol rief die Dämonen. Die Dämonen, die sie festhielten, wenn es niemand sonst tat. Die Monster, die nicht unter ihrem Bett, sondern in ihrem Verstand lauerten. Sie war nicht verrückt. Sie war einfach das gute Mädchen.

Schuld. Für was gab sie sich eigentlich die Schuld? Sie half, wo sie konnte, und immer mit ganzem Herzen und ganzer Kraft. Sie arbeitete wie eine Wahnsinnige für ihr Unternehmen. Für die Familie hatte sie auch alles geregelt. Alle profitierten von dem Umgang mit ihr. Dennoch nagten ständig diese Zweifel an Emma. Hatte sie wirklich genug getan? Sie hätte sicherlich noch mehr vorbereiten können. Sie hätte sicherlich noch den neuen Artikel ihrer Freundin lesen können. War sie überhaupt gut genug für den Handel? Für die Liebe? Bot sie dem Markt genug an?

Immer noch schielte sie in das leere Glas, als wäre es eine Kristallkugel. Die Antworten blieben fern. Ihr Blick streifte die halbvolle Whiskyflasche neben ihr, während ihr Zeigefinger langsam den Rand des Glases nachzeichnete. Der Boden des Glases erschien Emma wie ein großes schwarzes Loch, das sie verhöhnend angrinste. Leben. Liebe. Handel. War das wirklich die Antwort? Musste sie immer an diesem widerlichen Perfektionismus festhalten?

Für wen? Wer oder was stand ihr eigentlich immer im Weg? Perfekt für den einen war nicht perfekt für den anderen. Emma war eine Meisterin des Wandels geworden. Sie hatte sich so jedem Menschen in ihrer Umgebung angepasst, dass sie nicht mehr wusste, wer sie eigentlich war. Gab es sie überhaupt noch? Sie trug die Haare, wie sie ihrem Mann gefielen. Sie trug die Kleider, die ihren Freunden gefielen. Sie kochte, was ihre Familie liebte. Selbst ihren Humor passte sie stets ihrem Gegenüber an. Gab es sie überhaupt noch? War sie das Ergebnis eines Puzzles, dessen Teile eigentlich nicht ineinander passten? War das der Grund, warum sie sich niemals vollständig fühlte?

Wenn Emma ehrlich zu sich selbst war, musste sie sich eingestehen, dass sie so nicht mehr leben wollte. Sie wollte ihre Waren nicht mehr für Almosen hergeben. Sie wollte den Marktplatz der Liebe verlassen. Ja, das wollte sie wirklich. Aber der Preis? Der war die Einsamkeit. Wollte sie das wirklich? Sie ließ die Flasche los und nahm das leere Glas in beide Hände. Sie war betrunken, zweifellos. Aber waren die Gedanken in einem betrunkenen Kopf nicht nüchtern? Die Welt würde sich mit Sicherheit nicht ändern, aber Emma konnte sich ändern. Den Blick fest auf den Boden ihres Glases gerichtet, spürte sie, wie die Schuld sich wandelte. Ihr Griff wurde fester, als die Angst und die Selbstzweifel einem anderen Gefühl wichen. Emma war wütend. Die ganzen Enttäuschungen. Das Ausgenutzt-werden von scheinbar guten Menschen. Die endlose Arbeit. Für was? Um geliebt zu werden? Nein, dafür bekam sie lediglich Aufmerksamkeit. Man brauchte sie einfach. Nur aus diesem Grund klingelte ständig das Telefon. Menschen wollten ihre Dienste in Anspruch nehmen. Menschen brauchten ihren Rat.

Tausende Gedanken. Tausende Lösungen. Es war voll in Emmas Kopf und nur der Alkohol brachte das Chaos für wenige Stunden zum Stillstand. Jede Nacht, wenn sie langsam in den Schlaf dämmerte, hoffte sie, dass sie nicht wieder aufwachen würde. Nein, sie wollte nicht sterben. Sie wollte einfach, dass die ewigen Schuldgefühle aufhörten, wenn sie nicht wie ein Uhrwerk funktionierte. Die Kraft war ihr schon vor Monaten ausgegangen. Jetzt schienen auch ihre Reserven zu versagen.

In dieser Sekunde stand der eifrige Zeiger ihrer Uhr zum ersten Mal still. Ruckartig und ohne Vorwarnung. Ein warmes Lächeln zog sich über Emmas Lippen und sie stellte das leere Glas neben die Flasche. Ohne hinzusehen, griff sie nach ihrem

Handy, welches immer in ihrer Nähe war, und schaltete das verdammte Ding aus. Tasche auf. Ein paar Kleinigkeiten rein. Einen Zettel auf den Tisch und raus aus der Tür. Nein, sie wollte mit niemandem reden und alle anderen waren ihr in diesem Moment auch zum ersten Mal vollkommen egal. Sie hatte eine wichtigere Mission. Sie musste einer verzweifelten Seele helfen. Nur war es zum ersten Mal ihre eigene. In diesem Moment begriff Emma, dass die Menschen, die sie wirklich liebten, immer noch da wären, wenn sie zurückkäme, und alle anderen waren ihrer Aufmerksamkeit nicht wert.

*

In den zwei Wochen am Meer in der vollkommenen Abgeschiedenheit fand Emma zum ersten Mal in ihrem Leben die wahre Liebe. Die tiefste Liebe, die sie je empfunden hatte. Die Liebe zu sich selbst. Sie musste sich nicht egoistisch hervortun. Sie musste sich nur so behandeln, wie sie alle anderen Menschen auch behandelte. Sie war nicht weniger wert. Nein, sie war nicht schwer zu lieben, aber nicht jeder war fähig zu lieben. Das war aber nicht ihr Problem. Manchmal muss man einfach stark für sich selbst sein. So stark, wie man immer für andere war.

Emma erkannte, dass sie ein guter Freund war. Eine gute Frau und Tochter. Sie war nicht schuld an der Unzufriedenheit ihrer Mitmenschen. Emma hatte plötzlich begriffen, dass es keine Rolle spielte, wie gut sie die Menschen behandelte. Es war keine Garantie dafür, dass sie sie genauso behandeln würden. Sie hatten ihr eigenes Leben und ihre eigenen Prinzipien. Die Menschen liebten die Idee von Emma, aber nicht sie selbst. Die Personen, die sie wie Dreck behandelten, sagten gar nichts über Emmas Charakter aus, aber jede Menge über ihren eigenen.

Als ihre Finger sich in den noch warmen Sand gruben, fühlte Emma, dass sie keine Zeit mehr vergeuden wollte für Menschen oder Dinge, die keine Seele hatten. In dem Augenblick, in dem sie ihren Wert erkannte, brach die Mauer, die ihre bunten Farben so lange gefangen hielt. Die Steine blockierten jetzt den Weg für alle, die Emmas Wert nicht erkannt hatten. Sie würde ihre Kämpfe jetzt weise wählen, denn nicht jeder Kampf würde sich lohnen und sie brauchte ihre Kräfte für die schönen Dinge.

Zeichnen. Musik. Zeit verbringen mit den Menschen, die wirklich zählen. Aber zuerst würde sie zum Friseur gehen und sich endlich die Frisur ihrer Kindheitsträume machen lassen. Nein, die alte Emma war nicht weg. Ihre Träume und Visionen waren nicht mit dem Whisky hinweggespült worden. Die Bedürfnisse aller anderen, hatten sich nur wie Felsbrocken auf ihr Herz gelegt. Niemals wieder. Emma war bereit für aufrichtige Liebe, aber nie wieder für einen Handel.

Ein tiefer Blick auf den Boden ihres Whiskyglases zeigte ihr die Wahrheit. Es war egal, was Menschen über sie dachten. Sie hatte Jahre gebraucht, um sich so zu akzeptieren, wie sie war. Niemand konnte sie so sehr verletzen, als sie sich durch ihre eigenen Zweifel und Schuldgefühle bereits selbst verletzt hatte. Niemand konnte sie kleiner machen, als sie sich selbst bereits gemacht hatte. Niemand würde sie mehr treffen können. Sie war stark geworden, ohne es zu merken. Stark, dadurch, dass sie sich jedes Mal wieder aufgeholfen hatte, wenn sie jemand zu Fall brachte. Nie wieder würde sie vor jemandem auf die Knie fallen.

*

Die betrunkene Emma, die aus der Tür ging, kam nie wieder zurück. Scheinbar über alles erhaben schritt eine nüchterne Emma über die Scherben, die nach ihrem plötzlichen Verschwinden alle Ecken und Kanten füllten. Sie würde sie sicherlich nicht mehr zusammensetzen. Emma nahm ihre Lieben in den Arm und zeigte dem Rest den Finger.

Gedankenspiele
Sunday Tales Part IX

So viele Geschichten. Erzählt von so vielen verschiedenen Menschen, und doch ... wie oft können wir uns in die Protagonisten hineinversetzen? Wie oft fühlen wir, was sie fühlen? Sollte uns das nicht zu denken geben? Diese Verbindung. Dieses unsichtbare Band, was uns mit all den anderen verbindet?

Und wenn wir so viel Wahrheit in Geschichten erkennen ... wenn wir unser eigenes Leid erkennen ... warum bleiben es dann nur Geschichten, wenn wir den Text zur Seite legen? Er begleitet uns vielleicht noch ein Weilchen in Gedanken, um dann zu verblassen. Ja, wir sind beim Lesen wie der Protagonist über uns hinausgewachsen und waren unbesiegbar. Und jetzt? Kaum schlagen wir das Buch zu, sperren wir auch unseren neuerweckten Mut wieder tief in unsere Seele. Wir verändern uns jeden Tag.

Wir ändern unsere Einstellung jeden Tag, und jeden Tag gehen wir wieder einen Schritt zurück. Wir kommen nicht voran, obwohl wir so oft eine Kraft gespürt haben, die im Alltag zu versagen scheint. Wer versagt? Tatsächlich unsere Kraft, oder sorgen wir dafür, dass sie keine Chance zur Entfaltung bekommt?

Die Welt ist nicht gerecht, aber können wir unsere kleine Welt nicht etwas gerechter machen? Gerechter für uns selbst? Immer wenn man denkt, dass man zu klein ist, um etwas zu bewegen, muss man nur an eine Fliege im Schlafzimmer denken.

Es ist erschreckend, wie stumm der Einzelne in einer lauten Welt geworden ist. In Gedanken frei, mutig und wundervoll. Im realen Alltag ein Sklave der modernen Gesellschaft. Wir helfen nicht mehr, weil uns alles falsch oder bedrohlich vorkommt. Wir schauen weg, um nicht aufzufallen. Wir alle wollen strahlen in einer viel zu hellen Welt, aber verstecken unser Licht aus Angst davor, dass wir bemerkt werden. Vielleicht sind wir ja nicht gut genug. Unser Licht eher lächerlich gegen andere. Was ist so schlimm daran, aufzufallen? Was ist falsch daran, ein Glühwürmchen zu sein?

Wir alle haben gekämpft. Wir alle sind müde. Es ist paradox, dass man perfekt aussehen muss in dieser Welt, aber gleichzeitig überarbeitet und depressiv sein muss, um in die Norm zu passen. Immerhin kann man nicht wichtig sein, wenn man sich Freizeit gönnt. Kein bemerkenswertes Mitglied der Gesellschaft, oder?

*

Gerda wollte eigentlich eine Geschichte für ihr Schulprojekt schreiben, aber es kamen nur freie Gedanken auf das Papier. Irgendwie war sie nicht in der Lage, diese in eine fiktive Geschichte zu verpacken. Sie war noch jung und mitten in der Pubertät ... und verwirrt. Seitenweise hätte sie aufschreiben können, was sie nicht verstand in dieser Welt. Jeder Gedankensprung führte sie nur zu weiteren unlösbaren Luxusproblemen der Menschheit. Sie atmete schwer und überlegte, ob sie den ganzen Text wieder löschen sollte. Sie kannte die Antwort ihrer Lehrer bereits, wenn sie so einen Text abgab. Man musste sich den gesellschaftlichen Regeln anpassen. Freies Denken ist toll, solange es nicht gelebt wird. Also sollte sie eine typische Mainstream-Geschichte schreiben?

Über ein Mädchen, das sich in einen Vampir verliebt? Nein, das war nicht sie. Mittlerweile verwunderte es Gerda überhaupt nicht mehr, dass so viele Menschen depressiv waren. Sie hatten Angst vor Ablehnung. Angst vor Verlust. Angst. Angst. Angst. Und Gerda hatte Angst, seltsam angeschaut zu werden, wenn sie gesellschaftskritische Texte schrieb. Sie war nicht gerade beliebt in der Schule und wollte ihre Lage nicht noch verschlimmern.

Spielte es überhaupt eine Rolle? Wenn sie sich einfügte, hätte sie dann Freunde? Und was für Freunde? Fake-Freunde? Brauchte sie die?

Es ging schon wieder los. Gerda musste alles hinterfragen und die Antworten befriedigten sie überhaupt nicht.

Das Klopfen an der Tür riss sie aus ihren Gedanken. Schnell löschte sie den geschriebenen Text und wartete, bis ihre Mutter ins Zimmer trat.

»Hallo. Das Abendessen ist fertig. Kommst du voran?«

Gerdas Mutter kam näher und betrachtete verwirrt den blinkenden Cursor auf dem weißen Hintergrund.

»Du bist seit über zwei Stunden an dem Text dran. Keine Idee? Das kenn ich ja gar nicht von dir.«

»Tja. Schlechter Tag. Hat jeder Mal.«

Ihre Mutter lächelte. Dieses erhabene Lächeln, das Gerda immer bewundert hatte. Unantastbar schien sie in diesen Momenten. Selbstsicher legte sie ihre Hand auf die Computer-Maus und drückte auf den Zurück-Button. Zahlreiche Seiten erschienen nun auf dem Bildschirm. Verständnisvoll nickte ihre Mutter.

»Darf ich es lesen?«, fragte sie.

»Wenn du möchtest, aber es ist nicht gut. Es ist so ...« »Anders?«

»Ja, anders.«

»Anders, als was?«, fragte ihre Mutter nach.

»Na ja, die Anderen werden das so nicht schreiben.«

Stolz nickte ihre Mutter und antwortete: »Wichtig ist, dass es wenigstens einer tut.«

Sie las den Text voller wunderbarer Gedanken und Fragen, über das Leben und die Gesellschaft.

»Gib ihn genauso ab. Er ist wundervoll.«

»Aber das war nicht die Aufgabe«, sagte Gerda besorgt. »Ich verfehle damit das Thema.«

»Schreibe eine Kurzgeschichte. Richtig?«

»Ja, aber das ist ja keine. Das ist Gedankenwirrwarr.«

»Das System versucht, uns zu manipulieren, Gerda. Das fängt in der Schule an. Freidenker werden nicht gewollt. Du musst lernen, das System zu manipulieren. Wegen des Inhaltes kann dich niemand anprangern, wenn du den gewünschten Rahmen künstlich erschaffst.«

Zusammen mit ihrer Mutter schrieb Gerda eine kurze Einleitung, über einen Zauberlehrling, der sich Gedanken, um die Welt machte und all seine Fragen an den obersten Zauberer aufschrieb. Gerdas Fragen an die Welt. Unverändert, wie sie ihr durch den Kopf geisterten. Doch der oberste Zauberer verbrannte den Brief, denn dieser hatte nichts mit der Ausbildung zu tun, woraufhin der junge Zauberer die Schule verlies und begann, seine kleine Welt mit dem, was er bisher gelernt hatte, ein kleines bisschen gerechter zu machen.

*

Die Botschaft war klar. Die Schulnote auch.

Hört bitte nicht auf damit, wundervoll zu sein.

Das kleine Licht

(Gedanken)

Tief in der Finsternis
Suchst du das eine kleine Licht.
Läufst immer weiter
Bis es dich zerbricht.

Zu lange schon bist du auf der Suche
Deine Beine werden müde.
Mit offenen Augen schreitest du voran
Doch die Aussicht ist nur trübe.

Einsam und allein frierst du in der Kälte
Hast deinen Glauben ans Leben verloren.

Auf einmal siehst du diesen Schein.
Aufmerksam lauschen deine Ohren.
Ein leises Lachen, ein kleines Licht.
Du bist noch nicht am Ende.

Du gibst nicht auf, denn ein einziges kleines Licht bringt die Wende.

Ein Glas Vergangenheit

Sunday Tales Part X

»Sie sehen aus wie eine Frau mit Etikette, aber Sie trinken wie ein Bauer mit schwieligen Händen. Meine Verehrung, Gnädigste.«

Adriana seufzte und rollte mit den Augen, ohne den neuen Störfaktor, der sich hinter ihr positioniert hatte, überhaupt eines Blickes zu würdigen. Das war Anmachversuch Nummer vier. Vier innerhalb von zwei Stunden. Genervt tippelten ihre spitz gefeilten Fingernägel auf dem schäbigen Holztresen, während ihre linke Hand sicher das Whiskyglas umschlossen hielt, als würde sie es mit Schwert und Speer verteidigen. Ihr Desinteresse schien auch dieses männliche Exemplar nicht zur sofortigen Kapitulation zu bewegen. Natürlich nicht. Männer waren wie zäher Schleim, der sie am Vorankommen hinderte.

»Ich habe mich wohl geirrt«, riss die Stimme des Fremden sie wieder aus ihren Gedanken und die plötzliche Berührung seiner Finger auf ihrem Handrücken ließ sie zusammenzucken.

Empört starrte sie die Gestalt zu ihrer Linken an, die sich dreist auf den freien Barhocker gesetzt hatte. Aber der bösartige Kommentar, der sich bereits auf ihren Lippen geformt hatte, erstarrte. Kein Laut entrann ihrer Kehle, während sie in anscheinend vertraute blaue Augen blickte, und versuchte, den angenehm heftigen Schlag in ihre Magengrube zu verdauen. Das war Adriana noch nie passiert. Sie war taff und redegewandt. Sie war erfolgreiche Scheidungsanwältin ohne Skrupel. Genau. Sie war es, bis zu diesem Augenblick.

»Ihre Hände«, wiederholte eine sanfte Stimme, die ihr wie ein Windhauch aus längst vergangenen Zeiten vorkam. »Ihre Hände haben keine Schwielen. Nicht einmal eine trockene Stelle. Sie sind keine Bäuerin aus diesem Kaff.«

Adriana schaute auf ihre linke Hand, die beinahe zärtlich von seinen Fingerspitzen gestreift wurde. Erschrocken stellte sie fest, dass sie sich so fest an ihr Glas gekrallt hatte, dass ihre Knöchel weiß hervortraten. Ihr Griff lockerte sich, während sich ihre Gedanken verkrampften. Wer war dieser Mann? Und was war das für ein Gefühl, das er in ihr auslöste?

Als sie ihre Stimme wiederfand, sagte sie: »Das verraten Ihnen meine Hände?«

»Und Ihre Designertasche. Ihre eleganten Pumps, der zum Make-up abgestimmte Schmuck.«

Seine Augen brannten förmlich auf ihrer Haut, und zum ersten Mal seit einer gefühlten Ewigkeit spürte sie ihren Herzschlag.

»Sie scheinen aber auch nicht gerade ein Ziegenhirt zu sein«, stellte sie konternd fest. »Full-Brogues anstelle von Gummistiefeln. Weste anstelle von Latzhose, und ein Aftershave im Wert einer guten Schubkarre.«

»Sie handeln mit Schubkarren?«, neckte er sie.

»Nein, aber ich weiß, was Ihr Duftwässerchen kostet, und die ein oder andere Schubkarre habe ich wohl schon begutachtet.«

»In welchem Zusammenhang?«

»Sie haben sich zu mir gesetzt, um mit mir über Schubkarren zu sprechen?«

»Sprechen? Nein, aber warum sollte man nicht auch über die einfachen Dinge wie Schubkarren philosophieren?«

»Lebenszeitverschwendung«, gab sie kühl zurück.

»Ach, und allein in einer schäbigen Bar Scotch trinken ist es nicht?«

»Geht es Sie was an, was ich tue?«

Er lächelte und Adriana spürte, wie ihr Herz stolperte, während ihre kurzfristig errichtete Mauer krachend in sich zusammenstürzte, als wäre sie aus schmächtigen Kieselsteinen erbaut.

»Nein, aber dann stört es Sie sicherlich nicht, wenn ich dasselbe tue.«

»Bitte?«

»Meine Lebenszeit still an einer dreckigen Theke in Alkohol zu ertränken.«

Er zwinkerte dem alten Barkeeper zu und machte eine eindeutige Kopfbewegung. Ein knappes Schmunzeln huschte über das faltige Gesicht und eine raue Hand füllte Scotch mit einer wissenden Eleganz in ein Kristallglas. Freundlich lächelnd nahm Adrianas Gesprächspartner das Getränk entgegen und nickte dem alten Mann dankend zu. Dann prostete er seiner völlig irritierten Sitznachbarin zu, der nichts anderes übrig blieb, als ebenfalls das Glas an die Lippen zu setzen. Es war ein unwirkliches Bild. Zwei Menschen im feinsten Designerzwirn nebeneinander an der Bar einer heruntergekommenen Dorfkneipe, die aus milchigen Kristallgläsern billigen Whisky tranken.

Adriana fuhr nervös mit ihrem Zeigerfinger über den Rand ihres Glases. Das Schweigen hämmerte unerträglich Laut in ihrem Kopf.

»Worauf würden Sie beim Kauf achten?«, fragte sie plötzlich und erschrak beim Klang ihrer eigenen Stimme.

Amüsiert hob ihr Gegenüber den Kopf und schaute ihr in die Augen. Adriana dagegen wand den Blick schnell ab. Nein, diese blauen Augen würden ihr Untergang sein. Aber wäre das so schlimm?

›*Reiß dich zusammen, Mädchen. Was ist denn los mit dir?*‹, sprach sie in Gedanken mit sich selbst.

»Auf Größe und Federung«, antwortete er unbeirrt. »Und natürlich darauf, ob er für mich oder jemand anderen wäre.«

»Warum ist das so wichtig?«, fragte sie. »Schubkarren funktionieren doch alle gleich.«

»Vom Prinzip her, ja. Aber jeder von uns kauft eine Schubkarre für seine Zwecke, wie auch immer diese aussehen mögen. Wir laden unsere eigenen Güter hinein und schieben sie vor uns her. Manchmal ziehen wir sie auch, wenn es zu unwegsam wird.«

»Und manchmal ist der Griff zu breit für unsere Hände«, ergänzte Adriana. »Und die Karre selbst zu schwer.«

Er nickte und antwortete: »Ja, das kommt davon, wenn wir eine Schubkarre nehmen, die uns ein anderer hingestellt hat.«

»Oder, wenn wir beim Einkauf zu größenwahnsinnig sind und uns überschätzen.«

»Vielleicht hat der Verkäufer uns aber auch nur schlecht beraten.«

»Und wenn es so gewesen wäre? Ich kann ihn dafür sicherlich nicht haftbar machen.«

»Nein, Frau Anwältin. Sie können das Ding aber von einer Klippe stoßen und das Holz solange tragen, bis sie endlich eine passende Schubkarre gefunden haben.«

»Das dürfte mühselig werden.«

»Aber es lohnt sich. Die passende Schubkarre wird nie zu klein und nie zu schwer sein. Zumindest nicht für Sie.«

Adriana dachte lange über seine Worte nach, dann kam ihr plötzlich eine Frage in den Sinn: »Woher wissen Sie, dass ich Anwältin bin?«

»Ich habe das Gesetzbuch auf Ihrem Beifahrersitz gesehen.«

Verdutzt schaute sie ihn an und fragte: »Woher wissen Sie, welches Auto ich fahre?«

»Das hier ist ein Kaff, meine Liebe. Sie haben das einzige Kennzeichen, was hier auffällt.«

»Neben Ihrem nehme ich an.«

Amüsiert strahlte er sie an und erwiderte: »Ja, möglich.«

»Was machen Sie dann hier?«, fragte sie interessiert.

»Ich bin auf der Flucht«, gestand er.

»Ich hoffe, nicht vor dem Gesetz«, scherzte sie, nur um dieses herzerwärmende Lächeln erneut zu sehen, dass ihr ein unbekanntes Gefühl von Heimat gab.

»Nein«, schmunzelte er. »Ich weiß nicht. Vielleicht vor meinem Job. Vielleicht vor meinen angeblichen Freunden. Vielleicht ...«

»Vor dir selbst«, säuselte Adriana kaum hörbar.

Er nahm einen großen Schluck und nickte stumm. Wissend schauten sie sich in die Augen und erzählten sich ohne Worte ihr Leben.

»Anwältin war dein Traumberuf, oder? Du wolltest Menschen durch schwere Krisen helfen und jetzt verdienst du an ihrem Leid.«

»Nicht ich, sondern die Kanzlei, für die ich arbeite. Ich habe alles aufgegeben für einen Traum, der sich als Luftschloss herausgestellt hat. Was ist mit Ihnen?«

»Ich bin Arzt. Wollte es immer sein. Ich wollte Menschenleben retten. Jetzt habe ich das Gefühl, dass ich nur für mein Schweigen bezahlt werde, um das Ansehen ehrwürdiger Kollegen nicht zu beschädigen.« Er hielt kurz inne. »Wachst du noch mit denselben Träumen auf, mit denen du als Kind eingeschlafen bist?«

»Ich träume nicht mehr. Träume sind für Spinner. Nichts wie Seifenblasen ohne Zukunft.«

»Vielleicht, hast du recht. Vielleicht auch nicht.« »Was würde das ändern?«

»Stell dir nur vor, du hättest Unrecht. Was wäre dann alles möglich?«

Das Atmen fiel ihr schwer und am liebsten wäre sie diesem Mann sofort in die Arme gesprungen. Es fühlte sich an, als würde sie ihn ihr Leben lang kennen und hätte ihn nur ewig nicht gesehen.

»Wäre es vermessen, wenn ich dich zum Abendessen einladen würde, damit der Scotch eine Grundlage bekommt?«

»Sehr gerne.«

»Aber vorher muss ich mir noch eine Immobilie hier anschauen.«

»Hier? In diesem Kaff?«

»Ja, genau hier. Ich will hier eine eigene Praxis eröffnen und endlich das tun, was ich liebe.«

»Ist da auch genügend Platz für eine Kanzlei?«, fragte Adriana plötzlich, als sich der Schleier um ihr Herz lüftete.

»Arzt und Anwältin unter einem Dach? Netter Gedanke, den ich fast vergessen hatte. Erinnert mich irgendwie an einen längst vergessenen Traum.«

»Hand in Hand«, flüsterte sie.

»Hand in Hand«, wiederholte er.

Er stand auf und sagte: »Nach dir, Adriana.«

»Danke, Finn.«

Der alte Barkeeper schüttelte lächelnd den Kopf und seine Finger streiften zärtlich ein Foto an der Wand. Zwei Kinder, die sich freudestrahlend im Schatten der mächtigen Dorfeiche an den Händen hielten. Kaum älter als sechs Jahre.

Der Junge mit den strahlend blauen Augen und dem Stethoskop um den Hals, und das blonde Mädchen mit dem kopfstehenden Gesetzbuch im Arm. Er nahm das Bild von der Wand, öffnete vorsichtig den Rahmen und betrachtete die Rückseite.

In blasser Schrift stand geschrieben: Adriana und Finn im Sommer 1984.

Die größte Macht auf Erden

Sunday Tales Part XI

Als wir Kinder waren, rannten wir über endlose Weiten. Zählten unendlich viele Sterne am Horizont. Erstarrten voller Ehrfurcht vor den Bäumen, deren majestätische Kronen sich gegen den Himmel streckten. Füllten unsere Lungen mit Luft, die die Welt umkreiste, in ihrem unaufhörlichen Fluss. Wir tranken Wasser aus Quellen, die nie versiegten.

Aber größer als all das, war die unendliche Liebe, die uns verband. Keine Liebe, wie man sie heute beschreibt. Keine Liebe, die Herzen bricht. Wahrhaftige Liebe, aus Stein gemeißelt und für die Ewigkeit.

Wir waren erst wenige Jahre auf dieser Welt. Wir konnten sie an zwei Händen abzählen, und doch umgab uns ein Zauber, der viel älter war, als unser irdisches Dasein. Wir waren mehr als Freundinnen. Wir waren Schwestern im Geiste. Verbunden durch eine Liebe, die viel intimer war als alles, was Erwachsene fähig sind zu empfinden. Wir waren eins in den Augen des Universums.

*

Jetzt, da du weg bist, machen mir die endlosen kargen Weiten Angst. Ein wolkenverhangener Himmel versperrt mir die Sicht. Außer kahlen Zweigen, die bedrohlich auf und ab wippen, ist nichts mehr geblieben. Ein heimtückischer Smog nimmt mir den Atem, während giftige Regentropfen von meiner Nasenspitze perlen.

‚Du bist doch ein großes Mädchen', haben sie gesagt.

‚Du musst stark sein', haben sie gesagt.

‚Kümmere dich, um wichtigere Dinge', haben sie gesagt.

‚Mit Emotionen erreicht man nichts', haben sie gesagt.

*

Aber das Einzige, was blieb, war ein Loch im Herzen eines Mädchens, für das es keinen Deckel gab. Jahre zogen ins Land. Der Kopf funktionierte, aber die Seele suchte weiter nach einem passenden Teil. Vergebens.

Ich hatte nicht nur dich, sondern auch mich verloren. Ich sperrte mich in die Enge der Stadt und unterwarf mich der Engstirnigkeit der Gesellschaft, ohne je wieder über unendliche Weiten zu marschieren. Ich zählte die wenigen Sterne nicht mehr, die das Lichtermeer der fordernden Metropole freigab. Den Wechsel der Jahreszeiten registrierte ich nicht, denn der faulige Gestank gesichtsloser Menschenmassen ließ mich das Gesicht verhüllen. Der nie versiegende Alkohol ertränkte jeden Funken Lebensmut, und plötzlich, als mein Geist der Sehnsucht meines Herzens nach Erlösung nachgeben wollte, ... sah ich dich.

Ich sah dein Lächeln in meinem Gesicht. Ich sah dein Strahlen in meinen Augen. Ich fühlte deine Hand, als ich meinen Körper aufrichtete.

‚Hallo Melissa', kam ungläubig über meine Lippen und mein eigener Name kam mir so fremd vor, als hätte ich ihn seit einer Million Jahren nicht mehr gehört.

Der Klang meiner verlorenen inneren Stimme füllte wie heilender Balsam meine Seele.

Die Einsamkeit wich einer Liebe, die größer war, als all das, was die Welt mir vorgaukelte zu sein. Ich schaute mein Spiegelbild an und spürte, wie sich die Last von meinen Schultern schob.

Ich fühlte die Weite meines Herzens und sah das ganze Universum in meinen Augen, während meine Seele die ersten Knospen trug. Ich atmete, zum ersten Mal seit dem Tag, an dem du von mir gingst.

Dem Tag, an dem man mir sagte, ich solle aufhören zu träumen und endlich erwachsen werden. Der Tag, an dem sie dich begruben.

*

Als wir Frauen waren, sagten wir uns jeden Tag, wie wertvoll wir sind. Wie Wir sagten uns jeden Tag, wenn wir durch die wunderschöne Natur spazierten und die kleinen Wunder der Welt entdeckten, wie sehr wir uns lieben. Wir lächelten uns an und waren fasziniert von unserer Schönheit. Bei jedem Sonnenaufgang und Sonnenuntergang. Manchmal auch einfach so zwischendurch.

Waren wir arrogant? Nein, wir waren eine vollkommene Kinderseele in einem erwachsenen Körper.

Die Geldtauschertage

Sunday Tales Part XII

‚Das Schönste an der Weihnachtszeit sind strahlende Kinderaugen.'

Josef hatte selten so gelacht. Wen zur Hölle interessierten in dieser geschäftigen Zeit schon strahlende Kinderaugen? Da rannten sie. Hin und her und wieder hin. Behangen mit Tüten schwitzten sie bei Minusgraden. Aufgeregtes Gemurmel. Gestresste Gesichter. Hochrote Ohren an den neuesten Smartphones. Ja, die Vorweihnachtszeit war eine durchaus besinnliche Zeit.

Worum ging es hier eigentlich? Friede auf Erden und den Menschen ein Wohlgefallen? Dann hatten die Leute eine seltsame Art, dies auszudrücken. Es gab nur eine Sorge: das Versagen. War das eigene Geschenk groß und teuer genug? Man wollte sich schließlich an den Geldtauschertagen keine Blöße geben.

Josef fragte sich, was dieser Zirkus sollte.? Warum behielt nicht jeder sein eigenes Geld und kaufte sich selbst, was ihn scheinbar glücklich machte? Das wäre die einfachste Lösung, und im Grunde wäre das Ergebnis dasselbe. Da schenken sie ihrer Oma einen Gutschein für eine Gesichtsmaske und Oma gibt ihnen in einem schönen weihnachtlichen Umschlag das Geld dafür. Seltsam, diese Menschen.

Stress und Hektik als Tribut an einen materiellen Götzen. Warum setzte sich niemand mehr hin und bastelte etwas? Ist die Zeit, die wir anderen schenken, nicht viel mehr wert, als dieser ganze Konsum? Wann haben wir angefangen, Menschen zu benutzen und Dinge zu lieben? Und wann haben wir vor, wieder damit aufzuhören?

Josef hatte damit nicht aufgehört. Das musste er auch nicht, denn er hatte nie damit angefangen. Er hat drei Kinder und sieben Enkelkinder. Jedes Jahr begann der begabte Tischler schon im Sommer mit der Anfertigung der Weihnachtsgeschenke. Ganz individuell für jedes Familienmitglied. Mit tiefer Liebe und völliger Hingabe entstanden hölzerne Kunstwerke, die auf ihre Art einzigartig waren. Mit den Jahren mussten die Möbelstücke jedoch immer imposanter werden und die Spielzeuge beweglicher. Immer mehr. Immer ausgefallener.

Bis sein ältester Sohn aussprach, was alle dachten: »Papa, du musst dir die ganze Mühe nicht mehr machen. Schenk uns doch einfach Geld.«

Geld. Das kälteste Geschenk, das die Menschheit erschaffen hatte. Nichts schaffte eine größere Distanz. Man muss niemanden kennen, um ihm Geld zu schenken. Man muss sich keine Gedanken machen, um jemandem Geld zu schenken. Man muss sich für niemanden interessieren, um ihm Geld zu schenken.

Josef kannte seine Kinder. Er kannte seine Enkel. Er wusste genau, wer welches Tier mochte. Wer welche Farbe liebte. Seine Familie dagegen wusste rein gar nichts über ihn. Das störte ihn jedoch nicht, denn er liebte bedingungslos. In ihren Augen war er wohl nur ein nutzloser alter Mann aus einem Groschenroman, der Kindern am Kamin eine Geschichte vorlas. Alte Werte. Ja, wohl ganz nett.

Da saß er nun in dem kleinen Café. Kaum jemand verirrte sich hierher. Die Menschen waren zu beschäftigt. Außerdem trank man seinen Kaffee bei Starbucks. Wer trank schon noch einfachen Filterkaffee aus der Kanne? Undenkbar. Was war nur passiert? Er drehte nachdenklich die kleine hölzerne Lokomotive in seiner Hand. Ein filigranes Meisterwerk in leuchtendem Rot. Der kleine Michel liebte diese Farbe und er liebte Lokomotiven. Wie Josef jetzt aber erfahren hatte nur die aus der Fernsehwerbung. Die gebe es auch zu kaufen. Aus Plastik. Plastik. Ja, Plastik. Der Rohstoff der modernen Welt.

Josef bedankte sich, wie immer, für den Kaffee und trat hinaus auf die Straße. Keine zehn Sekunden später hatte man den alten Mann schon zweimal angerempelt. Die Besinnlichkeit der Vorweihnachtszeit eben. Dafür musste er Verständnis haben. Auf dem Weg zur Bank war jeder Tritt tonnenschwer. Wie rechnete man Liebe in Geld um? Was wurde erwartet? Ein dicker Kloß hatte sich in seinem Hals gebildet. Er hatte verloren. Dieses Jahr tauschte er Geld gegen ein wenig Geselligkeit mit seiner Familie. Nicht zusammen. Nicht an einem Tisch. Aber über die Tage verteilt würde er wohl fast jeden von ihnen sehen. Vielleicht.

‚Wie tief sind wir eigentlich runtergekommen', fragte er sich und hob andächtig den Blick zum glänzenden Bankgebäude.

Noch einmal drehte er die Lokomotive in seiner Hand, die er wie einen Schatz behütet hatte, und warf sie in den grauen

Mülleimer. Mit einem tiefen Seufzer setzte er den ersten Fuß auf die Treppe der neuen Gottheit, die seine geliebte Familie so verehrte. Oben angekommen drehte er sich noch einmal um. Sein Blick folgte einem jungen Mädchen. Es ging zielsicher auf den Mülleimer zu und fischte die Lokomotive heraus. Ihr wacher Blick traf den von Josef.

»Wollen Sie das nicht mehr?«, fragte die zierliche Gestalt mit den vom kalten Wind zerzausten Haaren.

Fasziniert musterte sie die kleine Lokomotive und ihre Augen begannen hoffnungsvoll zu strahlen.

Josef kam zurück und sagte: »Nein, ich habe keine Verwendung mehr dafür. Meine Kinder wollen lieber Geld zu Weihnachten.«

»Verstehe. Dürfte ich sie haben?«

Verblüfft sah Josef sie an und fragte: »Bist du nicht zu alt für sowas?«

»Sie ist für meinen kleinen Bruder.«

»Aber dein kleiner Bruder spielt doch sicherlich lieber mit modernen Sachen aus dem Kaufhaus, oder?«

Traurig senkte das Mädchen den Kopf und antwortete: »Mein Bruder ist schwer krank. Dieses Jahr könnte sein letztes Weihnachten sein. Wir werden Heiligabend auch hier im Krankenhaus verbringen und schauen alte Filme. Er liebt ‚Meister Eder und sein Pumuckl' und die tollen Sachen, die da gebaut werden. Er ist fasziniert von Holzspielzeug. Daher bin ich mir sicher, dass er diese Lokomotive lieben wird. Ich habe Sie in dem kleinen Café durch das Fenster gesehen. Sie hielten diese Lokomotive in der Hand. Ich bin ihnen nachgelaufen, um zu fragen, wo Sie sie herhaben. Jetzt habe ich fast gehofft, dass Sie sie in den Müll geworfen haben. Ich musste einfach nachsehen. Es ist das Geschenk für meinen kleinen Bruder.«

»Sowas könnt ihr auch auf dem Weihnachtsmarkt kaufen«, bemerkte Josef.

»Nein, sowas nicht. Das fühle ich. Haben Sie das gemacht?«

Josef durchfuhr ein Schauer und er musste schlucken.

Dann nickte er und sagte: »Du kannst sie gerne haben. Frohe Weihnachten. Ich muss jetzt los. Alles Gute für Euch.«

»Danke.«

Strahlende Kinderaugen schoben die kleine Lokomotive behutsam in eine Umhängetasche.

*

Bewaffnet mit einer Jackeninnentasche voller Briefumschläge, die zu nah an seinem Herzen waren, stand ein Mann schweigend auf der Kinderstation. Neben ihm ruhte ein kleines Ziehwägelchen mit einem Karton. Die Schwester schaute ihn fragend an.

Lächelnd sagte er: »Für den Jungen, der den Pumuckl so mag.«

Kommentarlos drehte er sich um und verschwand im Fahrstuhl. Ein warmes Gefühl breitete sich in ihm aus, als er in die eisige Dezemberkälte trat.

»Warten Sie!«, hörte er eine bekannte Stimme.

Da stürzte das Mädchen mit der Lokomotive schon hinter ihm her. Mit tränennassen Augen fiel sie ihm um den Hals. Meister Eders Werkstatt mit den passenden Figuren hatte seine Wirkung nicht verfehlt. Josef hatte all seine Liebe in dieses hölzerne Kunstwerk gesteckt. Er hatte kaum noch geschlafen, um es rechtzeitig vollenden zu können. Es war sein Meisterwerk. Zweifelsohne.

Melanie, wie das Mädchen hieß, ließ ihn nicht gehen, sondern zog ihn mit ins Krankenhaus. Strahlende Kinderaugen begrüßten ihn, als er das Zimmer betrat. Ein kahlköpfiger kleiner Junge streckte ihm die Arme entgegen und Josef wischte sich eine Träne ab.

»Er ist so glücklich. Wie können wir das je wiedergutmachen?«, fragte die Mutter des Jungen. »Sowas muss doch ein Vermögen kosten.«

»Es ist unbezahlbar«, gab Josef zu. »Aber genauso unbezahlbar ist das Strahlen Ihrer Kinder. Ich denke, wir sind quitt.«

Überall und doch nur hier

(Gedanken)

Regen prasselt gegen die Fensterscheiben.
Ich lausche dem rhythmischen Klang der Tropfen.
Träume mich hinfort.

Ich denke an die Sonne.
Ich stelle mir vor, wie ihre wärmenden Strahlen meine Haut streicheln.
In meiner Fantasie ist alles möglich.

Es regnet nicht mehr.
Die Vögel zwitschern und ich sitze an einem großen See.
Die Wellen schlagen sanft gegen das Ufer.

Jetzt bin ich in der Wüste.
Der heiße und raue Sand kratzt an meiner Haut.
Die Schönheit der Dünen ist unbeschreiblich.

Und mit dem kalten Wind erscheint der Berggipfel.
Von ganz hoch oben schaue ich ins Tal.
Ich atme tief durch und fühle die Freiheit.

Das dichte Dickicht des Regenwaldes lässt mich langsam vorankommen.
Die schwüle Luft riecht nach feuchter Erde.
Alles ist grün und von unendlicher Schönheit.

Ich öffne meine Augen.
Der Regen draußen hat nachgelassen.
Ich lächle, denn die Welt hat sich verändert.

Du bist wundervoll.